EL LIMPIADOR

SERIE CHICAGO BRATVA
LIBRO NUEVE

RENEE ROSE

Traducido por
M ZACHS

LIBRO GRATIS DE RENEE ROSE

EL LIMPIADOR

HE CAPTURADO A LA HIJA DEL JEFE SUPREMO

Ella pagará el precio por el pecado de su padre.

Usaré a mi hermosa prisionera para atraparlo.

Para hacerlo sufrir. Para que crea que la estoy lastimando como él lastimó a mi hermana.

Y cuando termine de torturarlo, ofreceré un intercambio: su vida por la de ella.

Le debo una muerte lenta y dolorosa. La venganza es mi derecho.

Pero Kateryna es fuerte en formas que no esperaba.

Ya estaba rota antes de que la tocara, y participa voluntariamente en mi tormento.

Me da vuelta la jugada, seduciéndome con su risa.

Con su salvaje apetito por el dolor y el placer.

Ahora debo elegir: quedarme con ella y renunciar a mi venganza

o destruir a mi enemigo y a la mujer que he llegado a amar.

AVANT-PROPOS

Queridos lectores:

No tenía idea cuando planteé los personajes e historias para este libro a lo largo de la serie que Rusia invadiría Ucrania. Publicar una novela romántica con un héroe ruso que secuestra a una heroína ucraniana, y que es la más dudosamente consentida de la serie, resulta más que un poco insensible, y por ello ofrezco mis más sinceras disculpas. Si pudiera cambiar sus nacionalidades, lo haría.

Mientras escribía esto, descarté algunas de mis ideas originales de trama porque resultaban demasiado oscuras y crudas. Este libro necesitaba ser sanador. Porque, después de todo, por eso leemos novela romántica. El amor conquista. El amor sana. El amor nos proporciona nuestros finales felices.

Al igual que el Covid y las cuarentenas, la guerra real no aparecerá en mis novelas románticas. Son para entretenimiento y fantasía, una vía de escape de la realidad, no una búsqueda de significados más profundos.

Si os ofende el planteamiento de este libro, por favor, saltaos este. Lo entiendo perfectamente.

Con amor y esposas,
Renee

CAPÍTULO 1

*A*drian
   Sal ya, dietka. Te estoy esperando.

Apoyo el hombro contra una pared de ladrillo mientras observo la entrada del piso al otro lado de la calle donde vive mi objetivo, Kateryna Poval. La incesante lluvia de Liverpool ha hecho una pausa por el momento, pero la niebla se agarra cerca de las aceras, oscureciendo ocasionalmente mi visión.

Una chica que encaja con su descripción sale del piso, pero no puede ser ella. Esta parece demasiado joven. Su largo pelo oscuro está recogido en dos trenzas, y lleva un uniforme escolar: calcetines hasta la rodilla con una falda plisada corta y una blusa blanca...

Vaya. Un momento. Quizá no sea tan joven como pensaba.

La blusa está atada por debajo de sus pechos dejando al descubierto su vientre plano, y el escote está abierto *mucho* más de lo normal para un uniforme escolar, mostrando unos pechos bastante impresionantes. No lleva chaqueta ni corbata. Además, la falda es demasiado corta.

Aparte, son las diez de la noche.

Así que no es una estudiante con uniforme, es mi objetivo con algún tipo de disfraz. Lleva una pequeña mochila a la espalda para completar el look de colegiala, aunque es más del tamaño de un bolso que algo donde llevar libros o carpetas.

¿Por qué no lleva una puta chaqueta? No hace un frío glacial como en Chicago o Rusia, pero Inglaterra sigue estando fría en enero, por el amor de Cristo. No sé por qué me importa, pero me molesta.

Me quedo entre las sombras, siguiendo a la joven por el lado opuesto de la calle.

Fue casi imposible conseguir fotos de Kateryna (no tiene presencia en redes sociales, algo insólito para una joven de veinte años), pero nuestro hacker accedió a sus registros de secundaria para obtener una foto más antigua.

La hija de Leon Poval fue a un colegio privado donde estaba matriculada con el apellido Kovalenko, pero terminó sus estudios secundarios hace dos años. Ahora asiste a una pequeña escuela de arte aquí, lo que parece extraño. Seguramente tendrían de esas en Ucrania. Quizá Poval piensa que está más segura escondida aquí.

Me importa una mierda, siempre que tenga pulso y pueda usarse como moneda de cambio contra él.

La sigo hasta la parada del autobús donde se encarama en el respaldo de un banco de cemento, con los pies, que llevan plataformas, en el asiento. Se aparta una de sus trenzas oscuras del hombro y hace una pompa con su chicle. No logro descifrar si realmente es una adolescente insolente crecidita o si tiene algún tipo de fetiche con las colegialas. Creo que hay una tendencia de moda japonesa de uniformes escolares sexys; tal vez sea lo suyo. ¿O podría ser stripper? Me parece recordar que Pavel me dijo que lo de la colegiala era un disfraz popular entre las strippers. ¿O era en los calabozos BDSM a los que iba? Ni idea. No salgo mucho. No con el frágil estado de mi hermana.

Saco mi móvil y estudio la foto que me envió Dima, comparándola con la joven en la parada del autobús.

La chica de la foto es idéntica. Es unos años más joven en la imagen, lleva un uniforme más conservador con la chaqueta y la corbata, y parece tan inocente y joven como esta versión parece descarada.

El autobús se acerca, y cruzo la calle, manteniéndome atrás hasta que ella sube, luego subo yo y me deslizo en un asiento de la parte delantera. Me bajo el gorro de punto que llevo hasta la frente. Está detrás de mí, pero puedo observar su reflejo en el parabrisas.

Lleva un fino aro de oro en la nariz, se pone auriculares en los oídos y busca algo en su teléfono. No se ha fijado en mí, lo que es bueno, porque no planeo secuestrarla esta noche.

El carguero que he preparado para transportarla a EE. UU. no atracará hasta dentro de unos días. Por ahora solo la estoy vigilando. Probablemente no sea mi movimiento más inteligente, ya que no tengo práctica en sutilezas cuando se trata de acechar. No quiero alertarla de mi presencia. Pero tampoco quiero perderla. Llevo más de un año buscando a su padre. Desde que decidió evitarme después de que incendiara su antro de esclavas sexuales que se hacía pasar por una fábrica de sofás.

Cuando Dima, mi hermano de la bratva y el mejor hacker de Rusia, me dijo que había descubierto que Poval tenía una hija, tuve que aprovechar mi oportunidad.

No le haré daño. No como Poval se lo hizo a Nadia.

Pero definitivamente haré que piense que sí. Quiero que sufra, creyendo que voy a infligirle cada una de las indignidades y traumas que él le causó a mi hermana.

El autobús se detiene varias veces, y Kateryna se baja.

Espero unos segundos hasta que las puertas se cierran y luego me abalanzo hacia la puerta delantera, haciendo que el conductor maldiga y abra la puerta de nuevo.

Salgo sin que ella me vea y la sigo a distancia. Está en una zona industrial bastante sórdida, pero hay coches aparcados por todas partes. Definitivamente está pasando algo. Una fiesta en un almacén. O quizás todavía hacen *raves* en Liverpool. De cualquier manera, voy a tener que entrar si no quiero perderla de vista. Parece que el lugar está lleno.

La observo llamar a la puerta. Cuando se abre, la música retumba desde el interior y un tipo grande que parece ser algún tipo de portero la deja entrar. Espero sesenta segundos y luego la sigo.

—¿Contraseña? —exige el tipo de la puerta.

Saco un billete de cincuenta libras de mi bolsillo y lo coloco en la palma del tipo.

—Lo agradezco —digo, deseando que mi acento ruso no fuera tan fuerte. Al menos los tatuajes en mis nudillos no juegan en mi contra con un tipo como este.

Me mira de arriba abajo.

—¿Tienes algún amigo aquí dentro?

Mierda.

—Sí —digo, mientras mi cerebro trabaja a toda velocidad—. Soy amigo de Kateryna. ¿La chica ucraniana? ¿La que va vestida de colegiala? —Quizás, con suerte, este tipo pensará que mi acento también es ucraniano.

Funciona. Empuja la puerta para abrirla.

—Kat acaba de llegar. —Indica con un gesto de cabeza hacia el interior.

Espero que dar su nombre no me traiga problemas. Hubiera sido mejor inventarme otra cosa. En fin, ya es tarde.

Entro en el almacén oscurecido. Está iluminado con luces de colores como una discoteca y la música retumba desde grandes altavoces. Hay un DJ tocando en la esquina y elegantes muebles tipo *lounge* alrededor de los bordes de la sala. El lugar está lleno de cuerpos que saltan y ondulan al ritmo. Definitivamente es una *rave*. Kateryna (o supongo que aquí es Kat) no está a la vista, pero encaja perfectamente entre las otras chicas ligeras de ropa.

La buena noticia es que puedo mezclarme. La mala noticia es que no tengo ni idea de adónde ha desaparecido mi objetivo. Me meto las manos en los bolsillos de la chaqueta y me abro paso con naturalidad entre la multitud, moviendo la cabeza al ritmo de la música como si solo estuviera aquí por la música.

Resulta que no es difícil encontrar a Kateryna porque se ha subido a una gran caja de madera y está moviendo las caderas a destiempo con la música, invitando a cada *mudak* debajo de ella a mirar bajo esa jodida falda tan corta.

Lo cual obviamente no es mi problema. Aun así, mis dedos se cierran en puños dentro de mis bolsillos pensando en las cosas malas que podrían pasarle aquí. Vino sola, lo que es bastante extraño. Las chicas siempre van en manada. Y ahora está invitando todo tipo de atención masculina.

Oh, mierda. Aparto la mirada cuando cruzamos brevemente los ojos. Retrocediendo, me muevo a lo largo de la pared y saco mi móvil, fingiendo escribir a alguien.

—Hola. —Una voz femenina llama mi atención al mismo tiempo que tira de mi manga.

Tiene que ser una puta broma.

Me han descubierto.

Kat está frente a mí, con una amplia sonrisa descarada que muestra la dentadura más recta y blanca que he visto jamás. Me mira desde debajo de una cortina de flequillo oscuro, y descubro que sus ojos son de un sorprendente tono azul eléctrico. No lleva color en los párpados, pero el espeso delineador negro que se extiende más allá de las esquinas exteriores de sus ojos solo acentúa el color claro de sus iris.

No le respondo porque... joder. No debería haberle permitido verme para empezar. Puede que sea un limpiador decente, pero soy un pésimo seguidor.

Todavía sujeta mi manga, y desliza su mano para cerrar los dedos alrededor de mi puño.

—Bonitos tatuajes. Eso es ruso, ¿verdad? —Acerca mis nudillos a su cara para examinar las letras cirílicas que son un acrónimo de mi célula de la bratva. Sus manos son pequeñas, su tacto suave.

Retiro mi mano y le lanzo una mirada hosca, tratando de que se vaya. Aunque supongo que es demasiado tarde. Me ha visto. No olvidará mi cara ahora.

—*Da.*

Su sonrisa se ensancha.

—Soy ucraniana. Me llamo Kat. —Extiende la palma para que se la estreche. Cuando no la tomo, agarra la mía y le da un solo apretón.

Bozhe moi, esta chica tiene instintos terribles. ¿No puede darse cuenta de que soy peligroso? Literalmente estoy aquí para arruinar su vida. Llevo un ceño fruncido permanente. No parezco un buen tipo. No era particularmente amigable ni siquiera antes de que su padre destruyera a mi hermana, ¿y ahora? Soy jodidamente letal. Está tocando los tatuajes que lo demuestran.

El mal juicio debe ser la razón por la que su padre la encerró en Inglaterra. Aun así, es un milagro que no la hayan destrozado todavía.

Me obligo a fingir que pertenezco a este lugar. Solo soy otro asistente a la fiesta. Arqueo una ceja y examino su atuendo.

—¿Eres lo suficientemente mayor para estar aquí?

Hace chasquear su chicle.

—¿Tú qué crees?

—Creo que deberías irte a casa antes de que tu papi descubra que te escapaste por la ventana en noche de colegio.

Su sonrisa se desvanece. No estoy seguro si es por la mención de su padre o por mi continua grosería. Me enseña el dedo corazón y finalmente se va, su falda se levanta cuando se gira, dándome un vistazo de unas castas bragas blancas de abuela.

¿Qué coño?

Observo su espalda alejándose tratando de entender qué acaba de ocurrir. Kateryna Poval no es nada como esperaba. Pensé que sería mimada, ciertamente. Posiblemente protegida e ingenua. Supongo que me preparé por si era frágil y dulce. Una flor delicada que aplastaría y mancharía para vengarme de su padre.

Bueno, *fingir* que aplastaría y mancharía. No soy un monstruo como Poval. No ultrajo ni destruyo a chicas jóvenes por beneficio o placer.

No esperaba una niña salvaje hipersexualizada corriendo por Liverpool buscando problemas. Pero tal vez así es como luce una princesa mimada del crimen en su caso.

Supongo que hace mi trabajo más fácil. No estaba seguro de tener estómago para asustar a una chica inocente. Esta no parece saber cuándo asustarse, y ciertamente no parece inocente.

Kateryna Poval es un problema a punto de ocurrir.

Yo soy el tipo que va a hacer que todo se derrumbe sobre ella.

~

*K*AT

Ese tío era un gilipollas. Un gilipollas atractivo, pero, aun así. ¿Por qué siempre me siento atraída por los imbéciles?

Ah, sí: problemas con papá.

Eso es lo que Delaney, mi psicoterapeuta, parece pensar de todos modos. Dijo que continuaría actuando impulsivamente, rebelándome y buscando atención de hombres equivocados hasta que esté dispuesta a trabajar en sanar las heridas que mi padre me infligió.

Trabajar en cualquier cosa relacionada con mi padre ocurrirá cuando el infierno se congele.

Además, tal vez quiero actuar impulsivamente, rebelarme y buscar atención de los hombres equivocados. Secretamente deseo que me controlen y me castiguen. De alguna manera siento que me estaba avergonzando por mis gustos.

Odiando la forma en que ese tipo me hizo sentir desequilibrada, me imagino como un trozo de arcilla en el torno y encuentro mi centro exacto mientras me dirijo a los baños en la parte trasera del almacén. Hay una larga cola, así que tomo mi lugar con el grupo de otras chicas.

—Eh, tía —dice Shellee, una asistente frecuente a fiestas, mientras sale del cubículo, agarrándome del brazo. Ya está colocada con éxtasis; sus pupilas son casi tan grandes como sus iris. Está completamente enamorada de mí en este momento porque está completamente enamorada de todo ahora mismo—. ¿Tienes un tampón?

—Claro que sí —Giro mi mochila bolso para hurgar y sacar el tampón, el cual le entrego.

Cierra sus dedos alrededor de ello y de mi mano, y me acaricia la mejilla con su mano libre.

—Muchísimas gracias —dice efusivamente—. Te quiero. Me alegro tanto de que estés aquí. Eres increíble, ¿lo sabías?

En realidad, no somos amigas. Solo conocidas. Sinceramente, no tengo amigos de verdad. Soy demasiado *intensa* para la mayoría. Demasiado popular entre los chicos. Demasiado sexual. Demasiado rica, incluso para las chicas del colegio privado. Además, soy diferente. No soy inglesa. Los negocios de mi padre no son legítimos. El día que llegué a

Liverpool aprendí que no encajaba y que debía dejar de intentarlo.

Delaney dice que por eso busco experiencias sexuales intensas: estoy llenando un vacío creado por mi falta de amistades significativas.

Yo creo que simplemente soy morbosa. ¿Tan malo es eso?

—Tú también lo eres —le digo a Shellee—. Ven, cuélate conmigo en la fila, así puedes volver dentro. —La arrastro delante de mí.

Se da la vuelta y empieza a acariciarme de nuevo, tocando una de mis trenzas mientras sonríe soñadoramente en mi dirección.

—¿Lo estás pasando bien?

—*Súper* bien. —Entrecierra los ojos al mirarme. —¿Estás colocada?

—No. No puedo. Tengo un examen de historia mañana.

—¡Dios mío! —Sus ojos se abren con exagerada sorpresa. —¿Por qué estás aquí? —Tira de mi trenza—. Es broma. —Su empujón juguetón me hace tambalear sobre mis tacones de plataforma. —Me alegro de que estés aquí. Siempre me alegro cuando te veo. Eres la mejor.

Ni siquiera estoy segura de que sepa mi nombre, pero no pasa nada. No tengo ilusiones sobre lo que es este ambiente. No es donde vas para hacer relaciones significativas y duraderas. Por eso me encanta.

Vine para premiarme por estudiar todo el día para mi examen. La condición de mi padre para que me quedara en Inglaterra para la universidad fue que mantuviera 7, el equivalente británico a sobresalientes. Teniendo en cuenta que saqué 4 y algunos 3 en el instituto, es bastante exigente. Pero no hay manera de que vuelva a casa.

Especialmente ahora que por fin he encontrado algo que me gusta.

Quiero decir, más allá de las fiestas *rave* y el sexo

morboso, que según Delaney son extensiones de mis problemas con papá.

En mi último trimestre de secundaria, tuvimos una nueva profesora de arte, la señora Banff. Consiguió que la escuela comprara un torno y nos enseñó cerámica. Supongo que fue otra forma de mandarle un corte de mangas a mi padre, de mostrarle que soy la inútil sin cerebro y pérdida de espacio que aparentemente piensa que soy, pero decidí convertirme en ceramista. Me enamoré completamente de ello.

Me gusta la sensación de la arcilla en mis manos. El giro del torno. La forma en que un cuenco toma forma y se derrumba con el roce de un dedo. Así que ahora haría cualquier cosa por quedarme en Inglaterra y seguir estudiando arte. Anhelo el torno de alfarería tanto como anhelo estas fiestas de baile. O un tipo grande y musculoso que frunce el ceño y nunca te muestra que le gustas.

Finalmente es mi turno para usar el baño, y cuando salgo, Shellee ya ha desaparecido. Lo cual está bien, ya que no vine aquí para verla a ella de todos modos.

En realidad, no estoy segura de por qué vine. Es más una adicción que otra cosa. Anhelo la sensualidad del lugar. Me gusta vestirme y sentirme sexy y quizás enrollarme con un tío bueno. Preferiblemente uno al que le guste un poco el *kink*. Me encanta un tío grande y rudo que me sujete y me asfixie. O me azote. O me ate. Soy un poco masoquista en el fondo, y la liberación de endorfinas y la emoción que obtengo al realizar mis fantasías es lo que necesito para sobrellevar la semana.

Seamos honestos, sin embargo. Ese tío grande y rudo no existe en realidad. O cuando existe, viene con una dosis de peligro que realmente no debería tentar.

Sin embargo, lo tiento.

Me dirijo fuera del baño. El almacén está abarrotado de gente ahora. Probablemente más de lo que un club legítimo permitiría por normativa contra incendios. Absorbo la energía como una droga. Buscando problemas, me subo a una plataforma para bailar de nuevo. Salto y giro al ritmo de la música, escaneando la multitud. Veo al ruso apoyado contra una pared mirándome. Tiene pelo oscuro, ojos marrones y lo que parece un ceño fruncido permanente.

¿Por qué sería tan capullo si está interesado? Podría jurar que estaba interesado antes, por eso me acerqué a él. Tiene la vibra adecuada. Definitivamente mi tipo. Malhumorado. Rudo. Tatuajes que probablemente signifiquen que ha hecho cosas malas. Sus hombros son anchos. Es difícil saberlo bajo su chaqueta de cuero, pero parecen bien musculados. Apuesto a que podría darme unos azotes que me harían empapar las bragas. Lo catalogué totalmente como un sádico.

Supongo que me equivoqué.

No es que sea muy buena eligiendo a los correctos. He tenido media docena de fracasos solo en los últimos tres meses.

Mantengo la mirada en mi ruso mientras bailo, pero él mira hacia otro lado con el ceño fruncido. Sé que siente mi mirada. Juro que está mirando hacia otro lado a propósito. ¿Qué es eso de *hacerse el difícil* que solo hace que una chica quiera intentarlo más? Compruebo mis tetas, esas enormes que ya tenía a los doce años. Están perfectamente mostradas por mi blusa. Definitivamente me veo sexy. No hay razón para que no responda. A menos que esté aquí por alguien más. Pero, ¿por qué sigue mirándome?

Ahí. Miró de nuevo.

Me giro para darle una vista de mi culo mientras hago un lento giro hacia el suelo y vuelvo a subir.

—¡Kat! —me llama un chico desde el suelo debajo.

Oh, genial. David, uno de mis errores del pasado. Le lanzo un beso, pero sigo bailando.

Agarra mi tobillo, obligándome a dejar de bailar o perder

el equilibrio. Sí, por esto fue un error. Confundí su actitud irrespetuosa con dominación. La verdad es que es más un matón.

—¡Ven aquí! —Estira el brazo hacia mí.

—No, estoy bien —digo. Solo porque nos enrollamos una vez no significa que sea tu recurso fácil, colega.

Me muestra una pequeña bolsita Ziploc.

—¿Quieres colocarte?

Niego con la cabeza otra vez.

—No, gracias. Tengo un examen mañana. —No gana puntos conmigo por ofrecerme drogas gratis. No voy a enrollarme con él de nuevo, aunque no esté sobria. Fue torpe y solo buscaba su propio placer. *Puaj.*

Se encoge de hombros y se marcha, y yo sigo bailando. Me acompañan en la plataforma unos cuantos chicos que bailan cada vez más cerca hasta que uno coloca una mano en mi cintura y pega sus caderas a mi trasero para restregarse contra mí. Le dejo porque se siente bien. Vine aquí buscando atención masculina, y la estoy recibiendo. Otro chico se acerca por delante, así que quedo como en un sándwich entre ellos.

El chico de atrás me agarra el pecho izquierdo. No es completamente torpe. Encuentra mi pezón y lo pellizca a través de la blusa y el sujetador con relleno. Empujo mi trasero hacia atrás y dejo que mi cabeza descanse contra su hombro.

—Me gusta tu conjunto —grita el primer chico por encima de la música.

No es algo particularmente estúpido de decir, pero casi preferiría que mantuviera la boca cerrada. Estoy intentando tener un momento de fantasía, y los comentarios insustanciales me sacan de ella. El chico detrás de mí desliza una mano por el frente de mi muslo y aprieta los músculos de mi pierna.

Nunca he estado con dos chicos a la vez, pero esto de los manoseos en grupo sucede en estas *raves*. Todo el mundo está sintiendo el amor y solo quieren transmitirlo. El problema es que normalmente hay muchos toqueteos, pero sin final satisfactorio. El éxtasis deja a la gente demasiado extasiada como para tener motivación de llegar al clímax. Otra razón por la que evito las drogas, aparte de alguna gominola de CBD de vez en cuando, cuando no puedo dormir. Yo busco otro tipo de subidón de endorfinas.

—¿Cuántos años tienes? —me pregunta el chico que tengo delante. Probablemente quiere asegurarse de que no acabará en la cárcel o algo así.

—Veinte. —No me siento como de veinte. Me siento como de treinta porque llevo fuera de casa tanto tiempo. Y también como de trece, la edad que tenía cuando mi padre me envió lejos. Me pilló besándome con un chico y decidió que necesitaba ir a un internado de chicas.

Como si eso fuera a mantenerme alejada de los problemas. Solo cimentó mi deseo de ser mala.

¿Quieres ser mala, Kat, o en realidad anhelas que alguien te diga que eres buena? Eso es lo que Delaney me preguntó la última vez que hablamos sobre mi asistencia a las *raves*.

—No me importaría que me llamaran *buena chica* cuando obedezco —le respondí con descaro.

—Genial. —El chico asiente con una mirada lasciva de apreciación.

Bailamos un rato, pero las cosas no escalan mucho más. La gente pierde el foco cuando está colocada.

—Voy a tomar un descanso —les digo a los chicos después de un rato porque estoy acalorada, aburrida y con sed.

Inmediatamente saltan de la plataforma y me siguen hasta la improvisada barra donde tres chavales con gorros de punto y piercings están vendiendo bebidas energéticas y agua. Compro agua, abro la botella y me giro para encontrar a mis dos admiradores todavía parados allí como cachorritos ansiosos.

Bah. Ya estaba un poco harta de ellos, esperando algo un poco más interesante. Mi mirada vaga, buscando al ruso otra vez. No sé por qué estoy tan obsesionada con él. Supongo que porque me rechazó. ¿Por qué siempre voy detrás del que me rechazará?

Los chicos me toman cada uno de una mano, arrastrándome a un rincón oscuro. No estoy convencida, pero tampoco estoy totalmente lista para abandonar el barco. Es decir, supongo que veré lo que tienen para ofrecer.

—¿Qué es esto? —David corta nuestro camino con una enorme sonrisa. —Esto parece muy divertido.

Ahora sí que estoy harta.

—Sí, no sé. —Intento zafarme de los dos chicos que me sujetan las manos.

—Necesitas un pequeño estimulante —dice David, sacando de nuevo la bolsita de pastillas.

—¿Puedo tomar una? —dice el chico a mi derecha.

—No. Es para ella. —David saca la pastilla y, antes de que me dé cuenta, me la mete entre los dientes.

—¡Eh! —Intento escupirla, pero David se ríe, tapándome la boca con una mano.

—Espera, espera, espera. Solo trágatela, Kat. Será divertido.

Forcejeo, pero los otros chicos no me ayudan, aunque me están acorralando desde los lados, sujetándome para que David pueda mantener su mano sobre mi boca.

Estoy cabreada ahora, y, maldita sea, ¡ya me he tragado la estúpida pastilla! Estos cabrones.

—Toma, bebe tu agua, Kat. —David envuelve su mano sobre la mía en la botella de agua y la acerca a mi boca.

Todavía estoy forcejeando solo para que todos me quiten las manos de encima. Mientras me debato, oigo un fuerte crujido de hueso contra hueso y entonces David cae. Me quedo mirándolo tirado en el sucio suelo de hormigón. ¿He sido yo la que ha hecho eso?

Entonces lo comprendo. Porque hay un ruso de casi dos metros cabreado parado frente a nosotros.

Sus labios se separan de sus dientes en un gruñido, y mira fijamente a los dos chicos que están a mi lado.

—Fuera.

Se van. Desaparecen tan rápido que cualquiera pensaría que hay un incendio en el local.

Abro la boca, a punto de protestar diciendo que realmente no necesitaba ayuda cuando el ruso me echa sobre su hombro y sale ruidosamente del almacén.

CAPÍTULO 2

*A*drian

Chica loca tomando decisiones jodidamente malas.

¿Qué se suponía que debía hacer? ¿Dejar que tres tipos la violaran allí mismo en el almacén? *Bozhe moi*, había cientos de personas allí, ¿y nadie más vio lo que estaba pasando? ¿Soy el único que intervino para detener esa mierda?

En serio odio este mundo. Mi género. Todos los humanos.

No sé qué le dieron esos tipos, pero Kat ya está riéndose, y ni siquiera ha protestado porque la saqué de allí cargándola de una manera tan poco digna. Sinceramente, me sorprendería que las drogas ya hubieran hecho efecto. Creo que esta es simplemente su reacción natural. La bajaría, pero ya estoy metido en esto. Tendré que adelantar mi calendario e irme con ella esta noche.

El carguero no zarpa hasta dentro de dos días, lo que significa que tendré que mantenerla en la cabaña que he alquilado hasta que nos vayamos. No es ideal. Para nada.

Maxim, el arreglador de nuestra bratva, me enseñó a

analizar una situación desde todos los ángulos posibles. Cualquier lugar donde pudieras ser pillado o dejar un rastro. El barco ofrece mucha seguridad. Organicé el pasaje a través de la bratva local. No harán preguntas sobre la chica.

Pero, ¿mantenerla prisionera aquí en la ciudad?

Muchas cosas pueden salir mal.

—Vale, grandulón. Eres muy heroico. Puedes bajarme ahora. —Me gusta su acento. Ucraniano mezclado con inglés. Es muy mono.

La ignoro, intentando pensar. ¿Cómo voy a meterla en un autobús contra su voluntad? ¿Por qué coño no alquilé un coche?

Pero entonces, ¿cómo la habría seguido? No, solo tengo que ir más despacio.

Acaban de drogarla o lo que sea que le hayan dado. Puede que no tenga que llevármela contra su voluntad.

La idea de engañarla me revuelve el estómago, pero parece la mejor opción. No es como si engañarla fuera peor que ponerle una bolsa en la cabeza y sacarla de aquí a la fuerza.

Me aprieta el trasero.

—¿Adónde vamos, grandulón?

Grandulón. Muy mono. No soy tan grande. No como Oleg, el ejecutor de nuestra bratva.

La dejo en el suelo, y nos miramos fijamente. Debería pensar en algo astuto y elegante que decir, pero ya lo he fastidiado todo echándomela al hombro. Además, lo astuto y elegante no es lo mío. Tengo que esforzarme mucho solo para que mi inglés salga bien.

Es guapa, desgarradoramente guapa. Me recuerda un poco a Story, la novia de Oleg. Una belleza clásica bajo el atuendo contracultural.

—¿En qué *coño* estabas pensando? —exijo.

No, ni astuto ni elegante. Eso fue lo opuesto a encantador.

Blyad'. Probablemente tendré que volver a echármela al hombro y caminar todo el camino de vuelta.

Pero parece que le gusta mi arrebato. Sonríe y se inclina hacia mí, sus manos moldeándose a mi pecho.

—Lo siento, hombre grandote —dice.

¿Perdona?

Mi ceño se hace más profundo.

—¿Qué coño te *pasa?*

Se ríe.

—Tranquilízate, grandulón. No necesitaba que me rescataras, por muy galante que fuera. Puedo manejarme con los hombres.

Una rabia blanca y ardiente me recorre. No hacia ella, sino hacia todos los hombres de la Tierra porque sé con total certeza que no puede manejarlos. A chicas como ella les pasan cosas malas.

Cosas horribles. Vivo con las secuelas de lo que puede pasar todos los días.

—¡No tienes ni idea! —le espeto—. ¿Sabes siquiera lo que te dieron? ¿Te lo tragaste?

—Era éxtasis. Está bien. Lo he tomado antes. No pasará nada malo aparte de que me sentiré fatal mañana para mi examen de historia. ¿Sabes qué? Mejor vuelvo a disfrutarlo. —Se aparta de mí bruscamente. —No te preocupes, no necesitas cuidarme. Voy a volver.

Le agarro el brazo, y ella rebota hacia mí, chocando contra mi pecho. Es casi treinta centímetros más baja que yo y suave en todos los lugares correctos. Resisto el impulso de poner mis manos en su cintura como un amante.

—No, no lo harás.

Sonríe como si le encantara que me ponga autoritario. Es entonces cuando me doy cuenta. Admito que fui lento, pero estoy atando cabos: el atuendo. Llamarme *hombre grandote*.

Kateryna es jodidamente pervertida. Tan pervertida como

mi hermano de la bratva Pavel y su novia esclava Kayla. Le va el juego de roles y el cosplay y toda esa mierda. Giro con este nuevo conocimiento y pienso rápido.

—Te vas a casa —le digo imperiosamente.

Sí. Tenía razón. Le encanta. Se apoya en mí.

—¿Me llevas tú? —ronronea.

—*Da*. Yo te llevo, joder. —Me quito la chaqueta de cuero y la coloco sobre sus delgados hombros. Chica loca saliendo sin chaqueta en enero. Aunque puedo entender por qué: habría sido difícil bailar con ella puesta, y no había exactamente un guardarropa en la puerta.

—Vamos antes de que drogas hagan efecto. —Volví a omitir el artículo. En mi cabeza, oigo a Ravil, mi jefe de la Bratva de Chicago, corrigiéndome. *Antes de que* las *drogas hagan efecto*. La arrastro hacia la parada del autobús.

Ella se pone a caminar a mi lado, lanzándome una mirada de reojo y ocultando una sonrisa.

—¿Siempre estás tan gruñón cuando haces de héroe?

—No soy el héroe. Soy el villano, *dietka*.

—¿Qué es *dietka*? Entiendo algo de ruso, pero no conozco esa palabra.

—Es como... *niña* o *nena*.

—¿De forma dulce o de forma mala?

—¿Tú qué crees?

Vuelve a mirarme.

—Mala, probablemente —refunfuña. Creo que está haciendo pucheros.

Es molesto e irritante, y el hecho de que sea hermosa lo hace condenadamente mono. Apuesto a que funciona con todos los chicos.

Menos mal que no soy uno de ellos. Compadezco a cualquier tipo que caiga en su gran olla de locura. Estaba a una noche de la catástrofe. Desde mi punto de vista, le estaré haciendo un favor al sacarla de esta existencia.

Sé que estoy intentando justificar lo que probablemente no tiene justificación. Kat es tan inocente como Nadia. No merece que la use como un peón, por muy horrible que sea su padre. Pero eso no se puede evitar. Es la única pista que he tenido sobre ese tipo en más de un año. Es mi único boleto para saldar cuentas por Nadia.

No tengo ni idea del horario del autobús, pero Kat se apoya contra la señal de la parada como si esperara uno pronto, así que cruzo los brazos sobre el pecho para esperar con ella.

—¿Cómo sabías que cogía el autobús? —exige saber. Puede que sea imprudente, pero no es estúpida.

Anotado.

—Iba en el mismo autobús que tú.

—Ah, ¿sí?

—*Da*.

—¿Cuál es tu plan? —pregunta.

Debo de sentirme culpable porque por un momento pienso que sabe que es mi prisionera. Pero no. Solo se refiere a esta noche.

—Te llevo a casa. Te meto en la cama. Fin de la historia.

O algo así. Llevarla a casa. Atarla a la cama. Averiguar qué coño hacer después.

—¿Eso significa que vas a entrar? —Enrosca una trenza alrededor de su dedo. —¿Para meterme en la cama?

—¿Tienes compañera de piso? ¿*Una* compañera de piso? —Corrijo mi español.

—No. —Hace un sonido con sus labios rosados en la "o", dirigiendo mi atención a su boca. Ahora que sé que es pervertida. ¿No debería ser demasiado joven para ser pervertida? Me la estoy imaginando con esos bonitos labios alrededor de mi...

Gospodi. Tengo que parar.

Realmente desearía que fuera como la había imaginado.

Una chica callada, tímida, protegida. A la que asustaría un poco pero no haría daño para hacer sufrir a su padre.

Esta chica, sin embargo...

Me descoloca.

No esperaba que fuera hipersexual. Coqueta. Salvaje e imprudente. Va a ser más difícil de manejar.

O quizás más fácil, aún no puedo decidirlo.

En realidad, es un regalo. Quiere que la lleve a casa. Tal vez quiera que me la folle. ¿No sería mejor si estuviera dispuesta?

¡No! No lo sería.

Me froto la frente, mirando con el ceño fruncido al autobús mientras se acerca.

La quería *no* dispuesta.

Planeaba tomar fotos de una chica asustada, atada en posiciones comprometidas. Iba a decirle a Leon Poval que le estaba haciendo a su hija todas y cada una de las cosas terribles que le hicieron a Nadia, y que, si quería verla viva, tendría que venir a buscarla en persona.

Para poder matarlo.

No sé realmente qué hacer con una chica como esta. Dejar que piense, aunque sea por una noche, que soy algo más que venganza parece una cruel traición. Por alguna razón, parece peor que simplemente meterla en el maletero de un coche y decirle lo que pasa desde el principio.

Maldita sea. Debería haberla dejado sufrir su propio destino esta noche en la fiesta.

Pero no. Nunca podría hacer eso. Lo que esos *mudaks* le estaban haciendo era un problema. Estaba a punto de ser violada en grupo en un rincón, por lo que pude ver. Puede que esté dispuesto a hacer creer a Leon Poval que estoy violando a su hija, pero no voy a quedarme de brazos cruzados viendo cómo le sucede. Eso es algo completamente distinto.

Subimos al autobús, y pago los billetes de ambos. Me siento, y Kat se sube a mi regazo, haciendo que los demás pasajeros nos miren. Maldita sea. No necesito que nadie nos recuerde. Agarro firmemente sus caderas y la maniobro hasta el asiento de al lado.

—Pórtate bien —la amonesto, tratando de seguirle el juego.

Ella se lleva un dedo a los labios con un mohín.

—Creía que me estaba portando bien. —Sus uñas son cortas y sin pintar, lo que parece contradecir el resto de su apariencia, que está muy arreglada. Pero entonces, mi impresión fue que esto era un disfraz, no la chica real.

Me bajo el gorro de punto y me hundo en mi asiento.

—No en el autobús —le digo bruscamente.

Por alguna razón, se lo traga todo. Tal vez las pastillas están haciendo efecto.

—¿Te encuentras bien?

—Oh. —Extiende la mano para acariciarme la cara, pero yo me echo hacia atrás para prohibírselo. Ella continúa como si nada hubiera pasado. —Alguien se preocupa.

Me cruzo de brazos.

—Estás bajo mi vigilancia.

—¿Durante cuánto tiempo? —Toma el extremo de su trenza y me hace cosquillas en la oreja. Esta vez no me aparto porque es obvio que es lo que ella quiere.

—Te vas a ganar unos azotes, niña —le advierto.

Sus rodillas chocan, y se sienta más erguida en su asiento como si acabara de apretar las nalgas. No me cabe duda ahora. *Le encanta* la dominación.

Esto me sirve.

Creo.

Demonios, no lo sé. Estoy fuera de mi elemento, pero no voy a parar ni a dar marcha atrás. Tampoco voy a pedir ayuda a Ravil o a la célula. Sé que me la darían. Consejos, dinero, contactos, cualquier cosa que necesitara. Probablemente cogerían un avión y vendrían hasta aquí para prestarme sus puños y su músculo si quisiera.

No quiero involucrarlos. Esto no es una guerra de la bratva. Es personal. Poval es mío, y tengo la intención de ser yo quien acabe con él. Si hay repercusiones, seré yo quien las sufra. Solo.

—Esta es mi parada. —Kat tira de mi manga.

Finjo sorprenderme y la sigo al bajar. Ella se lleva una mano al estómago, luego se gira y vomita en un arbusto.

Asqueroso. Pero me da la oportunidad de tomar control de su teléfono. Me encantaría apagarlo, para que no puedan rastrearlo. Le quito mi chaqueta de los hombros y luego la despojo de la mochila bolso, como si estuviera siendo servicial. Encuentro una servilleta en el bolsillo de mi chaqueta, que le entrego mientras deslizo la mano en su bolso para apagar el teléfono.

—Está empezando a hacer efecto —me dice alegremente mientras se limpia la boca con la servilleta, como si vomitar fuera la puerta de entrada a la diversión.

Supongo que lo sería.

—Ojalá tú también hubieras tomado algo.

Gruño en respuesta. Estoy intentando decidir si debería llevarla a mi casa o seguir con el plan de ir a la suya. Quizás no tenga que atraparla esta noche. Quizás la llevo a casa y me marcho, y vuelvo a recogerla en un par de días cuando el barco esté listo para zarpar.

Aunque no me gusta esa idea. Ha visto mi cara. Necesito controlar todo lo que ocurra a partir de este momento. No puedo permitir que le cuente a su padre que me conoció o que de alguna manera me busque. Desde este momento, es mi prisionera.

La línea parece difusa. ¿A partir de qué momento exactamente? ¿La ato ahora mismo?

No, está colocada. No podrá causarme ningún problema ahora, y atarla mientras está bajo los efectos podría convertirlo en un muy mal viaje. Lo sé porque mantuvieron a Nadia drogada la mayor parte del tiempo, y su psiquiatra dijo que eso empeoró el trauma porque su realidad se mezcló con un estado onírico.

Bien, ese es el plan entonces. La llevaré a mi casa, me aseguraré de que no pase nada mientras está colocada, y luego la ataré por la mañana.

—Oye, mi casa no está lejos de aquí. —Intento que mi voz suene casual.

Ella me pestañea. Literalmente. Pestañea a propósito.

—¿Me estás invitando a tu casa?

—Sí —inclino la cabeza—. Por aquí.

La llevo a la pequeña pero lujosa casita que alquilé. No necesitaba nada ostentoso, pero tiene todo lo que requiero: proximidad al apartamento de Kateryna y una entrada privada en la planta baja, para poder mantener un perfil bajo. Dima, nuestro hacker, lo organizó para mí mediante una transferencia bancaria que no se puede rastrear.

Ella entra y mira alrededor. Es un estudio, de esos donde la cocina es solo una pared y el dormitorio otra, pero todo está hecho con materiales finos. Suelos de madera y encimeras de granito. Rodeo su cintura con un brazo y la atraigo contra mí.

—¿Cómo te gusta que te lleven a la cama? —Se supone que debe sonar sexy, pero me sale más como un gruñido áspero.

Ella frota su suave trasero contra el frente de mis vaqueros. Huele a cerezas y galletas de avena recién horneadas. Eso no puede ser correcto, pero esa es la impresión que me da. Debajo, simplemente el agradable aroma de piel femenina.

Le muerdo el cuello y ella se estremece. Está bailando de nuevo, su exuberante cuerpo retorciéndose y ondulando a cámara lenta como si todavía estuviera en esa plataforma de la fiesta, excitando a todos los hombres a su alrededor.

—Mmm —murmura suavemente.

Bien. Tiene los ojos cerrados. No está percibiendo el hecho de que estoy viviendo con una maleta aquí.

Nada que la alerte del hecho de que acaba de caminar directamente hacia las fauces de la trampa que le he tendido.

KAT

Me mue-ro.

En serio, me estoy muriendo. Por fin he encontrado un auténtico *dom*. La oleada de amor y bienestar que inunda mi cerebro por el éxtasis hace que esto parezca como si hubiera encontrado el Shangri La. Pero en serio. Siento que lo he encontrado.

Vas a hacer que te azoten, niñita.

Es decir, ¿cuántas veces tuve que pavonearme con un uniforme de colegiala antes de que algún tío captara la indirecta?

El problema con los hombres (en realidad, chicos. Seamos sinceros, ninguno de estos tipos son hombres) es que ven el atuendo sexy y piensan que es para ellos. Es todo eso de la mirada masculina. Lo aprendí en estudios de la mujer el semestre pasado, una clase que mi padre dijo que era una chorrada. Así que estoy jugando para la mirada masculina. Les estoy dando lo que quieren ver en las mujeres. Un objeto sexual para ser deseado. Pero espero algo a cambio.

Más que un poco de éxtasis y un manoseo en la pista de baile.

Parece que este tío realmente lo entiende.

O quizás estoy convirtiendo al típico alfa-idiota en un poco de fantasía. No. No es así. Intervino para rescatarme.

Estaba gruñón al respecto, pero lo hizo. Así que no es solo un egoísta como el resto.

Además, acaba de preguntarme cómo quiero que me lleven a la cama. Esa puede ser la señal más positiva hasta ahora.

Me giro y recuerdo que tengo aliento a vómito. Me cubro la boca con la mano.

—Necesito una menta. O enjuague bucal. O un cepillo de dientes, si estás dispuesto a compartir.

—No necesitas aliento fresco. Voy a amordazarte. —Me observa intensamente como si estuviera evaluando mi reacción.

Miro a mi alrededor, preguntándome de repente si he tomado una mala decisión al venir aquí. El lugar es precioso; pequeño pero elegante y totalmente inmaculado, aunque eso no demuestra que esté cuerdo. Especialmente considerando que está desprovisto de cualquier cosa personal.

—Es broma. —Quita su cálida chaqueta de mis hombros y la lanza sobre la encimera de la cocina. —A menos que te guste. —Su voz es tan baja y áspera. Como un oso gruñón. Me encanta. —Puedes usar mi cepillo de dientes. —Toma mi mano y me lleva al amplio y lujoso baño.

La casita es encantadora, y como estoy colocada, se siente casi mágica. Pone pasta de dientes en su cepillo mientras yo me apoyo contra la pared y observo.

—¿Llevas mucho tiempo aquí?

—*Nyet*. Es un alquiler a corto plazo. Estoy de paso por la ciudad. —Me entrega el cepillo.

—¿A qué te dedicas?

—Trabajo en transporte marítimo.

Asiento, sin absorber realmente su respuesta porque ahora tengo una vista cercana de su pecho. Está tan bien definido como sospechaba. Como no tengo filtros en este momento, aunque no es que tenga muchos cuando estoy

27

sobria, dejo que mis dedos se deslicen bajo su camiseta negra para sentir su piel.

Me observa con mirada oscura. Sin señal de aprobación.

—Lávate los dientes —me ordena.

Mi sexo se contrae ante la orden dominante. ¡Puede que me azoten esta noche! Las cosas pintan bien para mí. Sonrío y empiezo a cepillarme.

Él se queda de pie junto a la encimera de granito observándome, aunque lo normal sería ofrecerme algo de privacidad en caso de que tenga que hacer pis o algo así.

Termino de cepillarme y me enjuago la boca.

—Mucho mejor. ¿Vas a dejar que te toque ahora?

Sus cejas se arquean como si mi petición le resultara inesperada.

Agarro su camiseta con el puño e intento acercarlo, pero él me sujeta la muñeca.

—¿Te gusta estar al mando, Kat?

Varias cosas me impactan a la vez. Una es la reacción visceral a su contacto: la oleada de calor, el deseo de sentir aún más de esa fuerza controladora. Luego está su tono severo, que me hace flaquear las rodillas. Pero, además, *ha dicho mi nombre.*

—¿Cómo me has llamado?

Su cara no muestra ningún cambio. Siento que tarda una eternidad en responder, pero el tiempo se vuelve extraño cuando estás colocada.

—¿Cómo te llamas? Pensé que ese *mudak* de la fiesta te llamó Kat.

Ah, claro. Eso tiene sentido. Asiento con la cabeza.

—Kateryna. Kat. Kit-Kat. ¿Cómo te llamas tú?

Me mira fijamente como si fuera importante.

—Adrian. —Todavía sujetándome las muñecas, me empuja hacia atrás fuera del baño hasta la pequeña habitación que sirve de dormitorio y sala de estar. —No has respondido a ninguna de mis preguntas, *dietka*.

—Se me olvidó cuáles eran. —Estoy sin aliento. Cachonda. Locamente enamorada. Pero eso son las pastillas hablando.

—Te pregunté si te gusta estar al mando.

—Yo *estoy* al mando —le respondo con descaro, liberando mis manos para ponerlas en mi cadera. Es cierto: tengo el poder hasta que decido entregarlo. Eso es lo que le dije a Delaney cuando cuestionó mis gustos en encuentros sexuales.

Frunce el ceño.

—Debería haberte amordazado desde el principio —dice, pero no hace ningún movimiento para someterme. Aún tengo la sensación de que está observando mi reacción a sus palabras.

Me río y vuelvo a intentar deslizar mis manos bajo su camiseta.

—Quizás deberías intentarlo —ronroneo.

Me da la vuelta y me tapa la boca con una mano, atrayendo mi cuerpo contra el suyo.

Grito de emoción contra su mano.

—¿Así, *dietka*? ¿Te gusta un poco de forcejeo? Mmm. ¿Quieres que te someta?

Lucho contra él.

Acerca sus labios a mi oído.

—Necesito una respuesta real. —Su tono es severo. —*Sí* o *no*. —Levanta parcialmente los dedos de mi boca.

—Sí.

—¿Sí, quieres que yo tome el control?

—Sí, papi.

—No me llames *papi*.

Me giro para mirarlo de nuevo.

—¿Debería llamarte *señor*?

—Eso tampoco. *De rodillas.*

Casi llego al orgasmo con esa orden. Me encanta su acento. De alguna manera, le hace parecer más gruñón. Las sensaciones están tan intensificadas ahora mismo que estoy a dos caricias de un clímax completo.

Me dejo caer de rodillas y rápidamente desabrocho el botón de sus vaqueros. Él coloca una mano detrás de mi cabeza, acunándola de una manera que me excita aún más. Libero su erección y tomo su gruesa longitud en mi boca. Desearía tener más delicadeza, pero en general estoy un poco torpe ahora mismo. Con suerte, lo compensaré con entusiasmo. Succiono mis labios alrededor de la cabeza de su polla, saboreando una gota de su esencia salada.

—Qué rico —digo, soltándolo.

Llevo mi mano libre entre mis piernas porque necesito correrme con desesperación.

Los ojos de Adrian se oscurecen, y sus dedos se aprietan alrededor de mi cabeza, empujándome de nuevo sobre su polla.

—Buena chica.

¡Buena chica! Mis pezones se endurecen bajo la blusa. Esas palabras son mágicas para mí. Todo lo que siempre he querido que me llamen, a pesar de mis esfuerzos por interpretar a la chica mala.

Me balanceo sobre su polla, dentro y fuera, llevándole hasta el fondo de mi garganta cada vez, chupando con fuerza, girando mi lengua por la parte inferior. Meto los dedos dentro de mis bragas para acariciar mi propia carne.

Debo ponerme demasiado entusiasta porque gruñe:

—Cuidado con los dientes.

—Lo siento —jadeo—. Lo sien...

Interrumpe mi disculpa volviendo a poner su polla en mi boca. Su agarre en la base de mi cráneo es firme sin ser brusco. Controlador sin incitar resistencia. Realmente me gusta mucho este chico.

No creo que sean solo las pastillas hablando. Parece mi complemento perfecto. La realización de todas mis fantasías de ser dominada.

Me entrego por completo a la felación. Aunque estoy muy excitada, no logro que llegue a la meta final. Así es el éxtasis. Ya estás tan feliz que es difícil hacer que explote. No es que sea una gran consumidora. Esta es mi cuarta vez en la vida, y he estado en el ambiente festivo desde los quince años.

Me siento sobre mis talones, perdiendo la concentración.

—¿Estás bien? —Adrian acaricia mi mejilla con la yema de su pulgar.

—Sí. Solo tengo sed.

Es entonces cuando sé que es el chico adecuado. Porque guarda su erección, por doloroso que deba ser, se la mete en los pantalones y sube la cremallera, y va a buscarme agua.

Me quito los zapatos y me siento con las piernas cruzadas en su cama donde me trae un vaso lleno.

—¿Cuánto durará? —pregunta.

—¿El éxtasis? —pregunto, bebiendo el agua de un trago—. Un par de horas. ¿Por qué?

Se pasa los dedos por el pelo oscuro.

—Me estoy aprovechando. Está mal.

Ay. Qué dulce. El oso gruñón *sí* tiene un complejo de héroe. Lo sabía. Pero también es dominante. Una combinación perfecta. Excepto que ahora voy a tener que convencerle para que continúe.

—No te preocupes. No es como el alcohol —digo—. Es más como sensaciones intensificadas, no inhibiciones reducidas.

Me mira ceñudo con las cejas fruncidas. Oso héroe gruñón.

Estoy enamorada. De él. De este momento. De esta experiencia.

Toma el vaso vacío de mi mano y lo deja a un lado, luego se pone en cuclillas frente a mí, separándome las rodillas.

—Entonces, ¿cómo quieres que te meta en la cama?

Oh, maldita sea. Es tan sexy. Pecaminosamente sexy. Desliza sus manos por la parte exterior de mis muslos, metiéndolas bajo mi falda. Sus pulgares trazan círculos suaves en la parte interior de mis muslos, cerca del borde de mis bragas.

Abro la boca para decirlo, pero no me salen las palabras.

Soy una chica atrevida. Mi padre dice que estoy malcriada.

No me asusta casi nada. Pero esto es vergonzoso. Podría odiar el resultado.

Adrian deja de avanzar cuando no hablo, alzando las cejas con ese aire autoritario que tiene.

—Dímelo, *malysh*.

La palabra se parece tanto al ucraniano que puedo adivinar su significado: *bebé*. No *niña* esta vez.

Me derrito un poco. O quizás son mis bragas las que están ardiendo.

—¿C-con un poco de... azotes? —Tengo que forzar la última palabra a través de mis labios. Es vergonzoso como el demonio, pero él no se ríe.

Tampoco parece sorprendido.

—Has sido una chica *mala*.

Una risa estalla de mí, alivio y placer porque está siguiéndome la corriente. También estoy aterrada. Nunca he conseguido que un chico me dé más que un par de nalgadas. ¿Y si duele demasiado y lo odio?

Inclina la cabeza hacia el centro de la cama.

—En cuatro patas.

¡Oh, Dios! ¡Oh, genial! Espera... ¿voy a hacer esto? Mi corazón se agita erráticamente en mi pecho.

Definitivamente voy a hacerlo. Me arrastro a cuatro patas sobre la cómoda cama y le miro por encima del hombro.

—Iré despacio. Tú dices *para* si lo necesitas, ¿sí?

Más amor inunda mi corazón. Gratitud. Alegría. Este tío es tan perfecto.

—Vale.

Levanta mi corta falda plisada y la coloca sobre mi espalda.

—Me gustan tus bragas.

Giro la cabeza para mirar por encima de mi hombro y ver si está burlándose de mí.

—Van con el conjunto —digo a la defensiva.

En lugar de bragas sexys de encaje, satén o un tanga minúsculo, llevo unas bragas blancas castas y prácticas. Porque se supone que soy una colegiala inocente.

—Oh, lo entiendo. —Me da una palmada en el trasero y doy un grito ahogado.

Vaya. Ay. Sí, las sensaciones intensificadas hacen que duela mucho más.

Agarra el lugar que ha golpeado, lo aprieta y luego suelta la carne y frota.

—Es adorable. —Me da una palmada en la parte posterior del muslo, debajo de las bragas. Grito aún más fuerte.

—Silencio, Kateryna, o tendré que amordazarte. No quiero que los vecinos te oigan.

—Si me amordazas, ¿cómo oirás cuando diga *para*?

—No te oiría. Una buena razón para que obedezcas, ¿no crees? —Me da una palmada en la otra nalga.

—¡Ay! No tan fuerte.

Engancha los pulgares bajo la cinturilla de mis bragas y las baja por mis muslos.

Me tenso, esperando otra palmada, pero acaricia mi

trasero, deslizando su palma áspera suavemente sobre mi piel. Tras un momento, me relajo. Mi piel hormiguea en los tres lugares donde me ha dado, y empieza a calentarse y arder un poco. Su toque ligero solo me hace ansiar de nuevo el trato más duro.

Acaricia el interior de una nalga, siguiéndola hasta la hendidura de mi trasero y luego deslizándose por el centro entre mis piernas. Le da a mi sexo unas palmaditas suaves. El calor explota en mi interior. De repente quiero más. Persigo sus dedos, empujando mis caderas hacia atrás.

Frota entre mis piernas con caricias firmes y audaces.

Gimo con fuerza para mostrar mi aprecio.

—*Silencio*, Kateryna.

Me encanta cómo usa mi nombre completo como si estuviera en problemas. Es tan excitante.

Da otra palmada a mi sexo.

Esta vez hago un sonido lastimero. Alcanzo entre mis piernas para acariciarme.

—Tú frótate, *malysh*. Yo azotaré.

—Espera—

Me da una palmada en el trasero desnudo, pero es una buena. Sonora y firme sin hacerme chillar.

—Mmm —gimo, frotando la yema de mi dedo índice a través de mis fluidos. Normalmente no me pongo tan húmeda, pero aparentemente, todo lo que me faltaba antes era un hombre dominante y sexy dándome azotes. Todo se siente tan húmedo e hinchado ahí abajo, que ni siquiera reconozco mi propia anatomía.

Fiel a su palabra, Adrian va despacio. Da una palmada en un lado, frota. Golpea el otro. Repite. Es un ritmo perfecto para mi mente errante y la intensidad también es perfecta para mi estado hipersensible.

Ahora, si tan solo pudiera correrme. Cambio de mano cuando mi brazo se cansa de sostenerme. Adrian empuja mi torso hacia abajo para que mi pecho esté sobre la cama y mi trasero aún en el aire, lo que es realmente más fácil. El cambio también era necesario, porque estaba empezando a desconectarme.

Aumenta la velocidad de los azotes. Todo mi trasero está caliente ahora, así que las palmadas no se sienten tan intensas cuando caen. Todo se siente maravilloso. Me encanta. Pero todavía no puedo conseguir correrme, por mucho que quiera.

—Lo siento —digo con voz ronca después de unos minutos. O quizás una hora. No lo sé, el tiempo es extraño ahora mismo—. No puedo correrme.

—Quizás no lo hagas —dice Adrian, como si no importara—. ¿Se siente bien?

—Sí.

Agarra mi tobillo y estira una pierna y luego la otra hasta que estoy sobre mi vientre. Luego me da la vuelta y me quita las bragas bajadas.

Supongo que va a tener sexo conmigo, y me preparo para preguntarle si tiene un condón, pero en su lugar, separa mis piernas y empuja mis rodillas hacia arriba, acomodándose entre ellas.

—¡Oh! —Agarro su cabeza cuando me lame, tirando de su pelo con la gloria de ello.

Levanta la cara.

—*Silencio.*

—¡Perdón, perdón! —susurro entrecortadamente—. No pares. Por favor, no pares.

—No tienes que correrte —me dice, trazando con su lengua el interior de mis labios.

—Lo haré —amenazo, mientras la parte interior de mis muslos empieza a temblar y estremecerse.

Persigo su boca con mis caderas, desesperada por más. Me penetra con su lengua, pero no es suficiente. Atraigo su boca contra mí, buscando más. Encuentra el punto que me vuelve loca. ¿Es ese mi clítoris? Qué vergüenza que ni siquiera lo sepa. Solo sé que me está volviendo loca.

Adrian introduce un dedo dentro de mí, luego otro. Los bombea dentro y fuera mientras continúa lamiendo y succionando lo que debe ser mi clítoris.

No me doy cuenta de que estoy gritando hasta que Adrian levanta la cabeza y gruñe:

—Cúbrete la boca, Kateryna.

Me tapo la boca con una mano mientras un calor febril me invade. Entonces llego al orgasmo. Es trascendental. Monumental. Alucinante.

Sin duda el mejor orgasmo que he tenido jamás. Mis músculos internos se contraen alrededor de sus dedos y pulsos de energía se disparan por mis muslos internos, directamente hacia las plantas de mis pies, donde mis dedos se curvan. Mi pelvis salta, tiembla y se mece en la cama. Adrian nunca deja de mover su lengua sobre mi punto más sensible mientras bombea sus dedos dentro y fuera.

Dejo escapar un largo y profundo gemido mientras desciendo por el otro lado, con mi vientre temblando, mis rodillas golpeando contra los hombros de Adrian.

—No más —gimoteo porque de repente es demasiado. Terriblemente intenso. Siento como si estuviera volando y también como si necesitara llorar. Oh, espera... estoy llorando.

Él se detiene inmediatamente, sacando sus dedos y acariciando mi muslo con una de sus grandes manos.

—*Blyad'*. ¿Qué ha pasado? ¿Estás bien?

—Estoy bien —jadeo, girándome de lado para ocultar mi cara entre mis manos. ¡Qué vergüenza!

Agarra mi hombro. Su mano es cálida y reconfortante. Me gusta demasiado.

—Está bien. Fue muy bueno —le aseguro.

—¿Es por el éxtasis?

—Sí —asiento y sorbo. Es real. La experiencia es real, las emociones son reales. Solo están intensificadas. Amplificadas.

Se aleja, lo que resulta a la vez liberador y decepcionante. Oigo el clic de algo, pero no miro, estoy demasiado perdida en mi propio mundo. Me trae otro vaso de agua y me mete bajo las sábanas.

—Duérmete ahora, *dietka*.

No tengo sueño, pero estoy completamente agotada, así que sigo su consejo y cierro los ojos.

Estoy en completo éxtasis. Relajada.

Dejo que el sueño se filtre, sin imaginar que por la mañana despertaría atada a la cama con una mordaza en la boca.

Que de pie sobre mí estaría el tipo que la noche anterior creí que era un príncipe, tomando fotos con su teléfono de mí en una posición comprometida.

CAPÍTULO 3

adrian

Espero hasta que Kat está profundamente dormida, entonces cojo su bolso y lo registro. Tiene un frasco de gomitas de CBD. Eso podría ser útil. Especialmente para subirla al barco, un problema que aún no he resuelto.

Saco el teléfono de su bolso y lo llevo a la cocina con el portátil que Dima me dio. Le envío un mensaje a Dima pidiéndole ayuda. Él llama inmediatamente. Respondo en voz baja, pero Kat ni se inmuta.

—Tengo a la chica —le digo a Dima en ruso. Es el único con quien he estado en contacto sobre mis planes, y eso es porque le necesito. No quiero involucrar al resto de mi célula. Esta no es su lucha.

—Pensaba que no la ibas a coger hasta mañana.

—Los planes cambiaron —digo simplemente—. Tengo su teléfono apagado para evitar el rastreo. ¿Qué hago ahora?

Dima me guía para desconectar el rastreador de localización y luego abrir el teléfono para buscar cualquier rastreador adicional. No encuentro ninguno, lo que parece un descuido por parte de Poval.

—Bien, ahora conecta el teléfono al portátil para que pueda acceder a todos los datos.

Hago lo que Dima me indica.

—Enciéndelo, y podré capturar todo.

Vuelvo a encender el teléfono y observo cómo la pantalla ejecuta una serie de comandos de descarga y listas de archivos que se desplazan rápidamente. Mientras funciona, reviso sus contactos.

—Tiene a *Papá* en su lista de contactos —le digo a Dima.

—Perfecto. Déjame ver. —Oigo el chasquido de teclas mientras accede a la información. —Intentaré rastrearlo hasta una ubicación. Puede que lleve un tiempo.

La carga al sistema de Dima termina.

—¿Ahora qué? —pregunto.

—Ahora destruyes ese teléfono.

—¿Cómo le enviaré el mensaje de que la tengo?

—Puedo enviar mensajes usando su número que se enrutarán desde servidores aleatorios de todo el mundo. ¿Estás listo para enviar uno ahora?

Lo considero. Le tomé una foto cuando escondía su cara y lloraba después de su orgasmo. Mostraba su trasero desnudo y enrojecido, y sin contexto, definitivamente parecía no consentido. Como si estuviera sufriendo, no disfrutando del clímax del orgasmo.

Miro de reojo su forma dormida en la cama. Podría fácilmente tomar más fotos comprometedoras ahora mismo y enviarlas.

Pero en el momento en que las envíe, comenzará la búsqueda de Kat, y no puedo subir a ese carguero hasta dentro de unas treinta horas. Será más difícil mantenerla escondida aquí, tan cerca de su casa.

—Todavía no —le digo—. ¿Puedo simplemente enviarte el mensaje de texto cuando esté listo?

—Eso funciona. Escucha, Adrian...

—¿*Da?*

—Ravil quiere que informes. Dice que no estás respondiendo a sus mensajes.

Aprieto los dientes. Desobedecer a mi *pakhan* se siente mal, especialmente después de todo lo que Ravil ha hecho por mí. Intento explicar.

—No quiero involucrar a la célula. Esto es personal. Solo te pedí ayuda a ti porque, bueno...

—Sí, lo sé. No puedes hacer esta parte solo. Creo que el punto es que no puedes hacer nada de esto solo. Ravil también te respaldará. Sabes eso, ¿verdad?

—No puedo involucrarlo —digo ferozmente—. No está bien.

—Bueno, tienes que decírselo tú mismo. No le gusta que lo ignoren.

—Sí, lo haré. —Es una mentira. No voy a contactar con Ravil. Cuanto menos sepa, mejor. —Gracias, Dima.

—Por supuesto. Eres un hermano, Adrian. Lo que necesites, cuenta conmigo.

Trago el nudo en mi garganta. La bratva no me quitó el alma, como lo hace con la mayoría de los hombres. Me devolvió a la humanidad.

Buscar a Nadia me convirtió en un animal. Gasté todo mi dinero para llegar a América, donde solo tenía una pista débil sobre Poval. Conocía a Maykl de mi ciudad natal (era amigo de un amigo) e hice contacto.

Ravil inmediatamente me acogió en el grupo. Me dio un lugar donde quedarme y me puso a trabajar. Me hizo un hermano. Maxim, el arreglador de la bratva, me entrenó para ser el limpiador. El tipo que limpia una escena de todos los rastros de violencia, todas las pistas del crimen. No, el trabajo no es legal, pero no me importaba entonces y no me importa ahora. No planeaba operar dentro de los límites de ninguna ley.

Ravil me ayudó a encontrar a Poval y eventualmente a Nadia. Cuando fui arrestado después de quemar la fábrica hasta los cimientos, él pagó por el mejor abogado defensor de Chicago para defenderme. Le debo todo. He prometido mi vida a la bratva y no tengo ningún arrepentimiento.

—Gracias —digo y cuelgo.

Recupero las bridas de mi maleta, pero no puedo obligarme a despertar a Kat poniéndoselas todavía. En su lugar, me acuesto a su lado para dormir unas horas antes de que todo se vuelva rencoroso entre nosotros.

ADRIAN

Por la mañana, ato las muñecas de Kat con bridas y luego las sujeto a una cadena de bridas alrededor del cabecero. Usando una tira de una de mis camisetas, le coloco una mordaza alrededor de la cabeza para cubrirle la boca. Kat duerme durante todo el proceso.

Saco mi teléfono y tomo algunas fotos más. Leon Poval se volverá loco cuando las vea.

Kat probablemente también se volverá loca cuando despierte, lo cual no se puede evitar. Sabía que sería difícil de llevar a cabo, pero es peor de lo que imaginaba. Nunca planeé tener sexo con ella realmente. Solo escenificar fotos para que pareciera que había sido maltratada.

No es que me la follara. Ni siquiera me corrí. Sigo diciéndome eso para sentirme mejor.

La verdad es que estoy enfermo como el demonio por esta mierda.

Sabía que no sería fácil. Juré hacer lo posible por mantenerla cómoda e ilesa.

Se despierta y grita. Tomo otra foto porque su terror es demasiado genuino como para no transmitírselo a su querido padre. Luego guardo el teléfono en el bolsillo trasero y me acerco a ella.

—Calla, *dietka*. Sé una buena chica y no te harán daño.

Eso solo la enfurece más. Llamarla *buena chica* podría haber funcionado anoche, pero definitivamente no le gusta ahora. Patalea y se retuerce en la cama, haciendo que su falda corta suba aún más por su cintura. Todavía no tiene las bragas puestas, y tengo que obligarme a no mirar ese bonito coño que me dejó probar. Lleva un recorte cuidado sobre su monte de Venus, el resto depilado al completo.

Joder. ¿Por qué tuve que probarla? ¿Por qué mezclar negocios con placer?

Fue un error monumental porque ahora tengo este enorme impulso de intentar que todo sea mejor para ella, pero claro, no puedo.

Grita algo tras la mordaza. El miedo está apoderándose de ella, y su pánico parece estar superando a la ira.

—Escucha. —Me siento en la cama junto a ella y le rodeo la garganta con la mano. Lucha contra mí, agitándose, con los ojos abiertos de terror. —*Escúchame*, dietka.

Deja de moverse e hiperventila contra la mordaza, mostrando el blanco de sus ojos.

—Te voy a quitar la mordaza. Vas a mantenerte callada. No me obligues a apretar. —Pulso mis dedos alrededor de su cuello para que entienda a qué me refiero.

Continúa con su respiración salvaje y frenética.

—¿De acuerdo? ¿Vas a mantenerte callada?

Asiente con la cabeza de forma entrecortada.

Cojo el mando a distancia que hay junto a la cama y enciendo el gran televisor de pantalla plana montado en la pared opuesta, subiendo el volumen por si vuelve a gritar. En el momento en que le quito la mordaza, escupe:

—¡Pervertido! Cabrón enfermo. ¿Me has hecho una foto así? ¿Qué demonios...?

43

Le vuelvo a tapar la boca con la mano para callarla.

—No soy un pervertido. Esto es un negocio. —Pronuncio las palabras de manera profesional. Sin emoción, como lo harían Maxim o Ravil.

Pruebo a quitar la mano de nuevo.

—¿Qué negocio? ¿Pornografía? ¿Prostitución? —Entonces el terror vuelve a sustituir a la ira. —¿Qué vas a hacer conmigo?

—Nada. Yo no violo a las mujeres.

—No, ¿solo las atas y les haces fotos sucias para otros pervertidos como tú?

Joder.

Debería volver a ponerle la mordaza. Irme.

Mejor aún, debería mantenerla drogada hasta que lleguemos al barco. Eso es lo que le hicieron a Nadia.

No sé nada sobre drogar a mujeres. ¿Y si lo arruino todo? Todavía tiene el MDMA en su sistema de anoche. No sé si podría haber interacciones medicamentosas.

No la amordazo ni me voy. Soy un idiota. En lugar de eso, cojo el vaso de agua que hay junto a la cama y lo acerco a sus labios. Debe estar deshidratada.

Toma un trago y luego me escupe el agua en la cara.

—Vale, se acabó. —Le vuelvo a poner la mordaza alrededor de la cabeza. Cuando me inclino para atarla, me da un cabezazo en la nariz.

Retrocedo de dolor, con sangre chorreando por mi camisa.

—¡Ayuda! ¡Ayu...!

Le tapo la boca con la mano para cortar sus gritos. Mi otra mano rodea su garganta.

—Cállate —gruño.

Lucha contra mí.

Aprieto mis dedos alrededor de su cuello. No le estoy cortando el oxígeno, pero le muestro que podría hacerlo.

Después de un momento intentando zafarse de mi agarre, se derrumba, sollozando contra mi mano.

—Ni un puto sonido —le advierto. Estoy sangrando por encima de ambos.

Sigue llorando.

Bien. Está bien. Esperaba lágrimas. Me blindo contra ellas, poniendo una expresión desagradable.

—Grita otra vez y te cortaré la respiración. ¿Entiendes?

Asiente contra mi mano. Le suelto la boca y uso el borde de mi camiseta para contener el flujo de sangre de mi nariz, manteniendo una mano alrededor de su garganta.

Sigue llorando. No son sollozos silenciosos, sino un llanto fuera de control. Parece que se está alterando más en lugar de desahogarse.

Tengo bastante experiencia con lágrimas femeninas. Mi hermana empapa su almohada casi todas las noches con ellas.

—Estás bien. Escúchame, Kateryna. Si haces lo que se te dice, saldrás de esto ilesa.

Se centra en mi cara, tomando respiraciones profundas y entrecortadas.

—¿S-salir de qué?

Blyad'. Debería mantener la boca cerrada. Cuanto menos le cuente, mejor.

—¿Q-qué vas a hacer conmigo?

Llevo los pulgares a mi nariz para sentir si está torcida, pero parece estar bien.

—Voy a vomitar —gime.

Podría ser un truco, pero le creo. Vomitó anoche en los arbustos y no ha comido nada desde entonces. Además, está completamente alterada.

Maldigo y corto la brida de plástico que sujeta sus muñecas al cabecero con mi navaja.

Vomita sobre su propia ropa antes de que pueda levantarla.

Joder.

—Está bien —digo, sacándola de la cama y poniéndola de pie. Sus muñecas siguen esposadas juntas con otra brida, pero considerando lo que ya ha hecho con su cabeza y su voz, me preparo para cualquier cosa que pueda intentar.

Ahora parece dócil, sin embargo. Más disgustada por el vómito en su ropa que por su situación actual.

—Vamos a limpiarte.

La pondría sobre mi hombro, pero temo que vomite por mi espalda. En su lugar, la conduzco al baño, sujetando sus muñecas con una mano y guiando su espalda con la otra.

En el baño, va directamente al inodoro, se deja caer para sentarse en él y orina mientras llora suavemente. Cojo algo de papel higiénico y me lo meto en la fosa nasal para detener la hemorragia, luego mojo una toallita y espero a que termine. Usa sus manos atadas para coger algo de papel higiénico.

—¿Esto te excita? —exige mientras intenta limpiarse con ambas manos. Su falda le estorba, así que se la levanto.

—*Nyet*.

Tiro de la cadena por ella y la levanto para poder limpiarla.

—Déjame ir. Por favor.

—Te dejaré ir cuando mi negocio esté completo.

—¿Qué negocio? ¿Para qué era la foto?

Limpio su blusa blanca con la toallita, volviéndola translúcida. Tiene suciedad por el escote, y paso la toallita entre sus pechos. Son llenos y suaves. La parte cabrona de mí desearía haberlos visto anoche. Antes de que nos volviéramos adversarios.

Agarra mi muñeca y levanta la rodilla, intentando golpearme en los huevos.

Me aparto y la agarro por el cuello, presionándola contra la pared.

—*No lo hagas* —le advierto.

Intenta golpearme con la rodilla de nuevo, y tengo que cortarle realmente el aire. Se atraganta y jadea, con los ojos desorbitados.

La sujeto otro momento para realmente infundirle miedo, luego me relajo.

—Déjalo ya, o pasarás las próximas dos semanas atada en cruz a una cama.

Me estudia, sus ojos azul aciano moviéndose de un lado a otro entre los míos.

—¿Por qué dos semanas? ¿Qué va a pasar?

Le suelto la garganta y la aparto de la pared.

—De vuelta a la cama. Estás siendo un dolor en el culo.

—Y tú estás siendo un auténtico capullo —me dispara de vuelta.

No se equivoca. La llevo de vuelta a la cama y vuelvo a colocar la brida que tira de sus muñecas por encima de su cabeza y las conecta al cabecero.

Tomo cada uno de sus tobillos y los ato al pie de la cama en cruz. Luego, porque la imagen me revuelve el estómago, tomo otra foto. Si a mí me enferma, definitivamente destruirá a su padre.

~

KAT

—¡*Cabrón*!

Adrian, si es que ese es realmente su nombre, se guarda el teléfono en el bolsillo.

—¿Vas a mantener la boca cerrada, o necesito ponerte la mordaza otra vez?

Intento patear con mis piernas, lo que solo consigue que las bridas se claven en la piel alrededor de mis tobillos. Estoy asustada, más asustada de lo que he estado en mi vida, pero también estoy furiosa.

Este tipo es un psicópata. Me atrajo a su piso y luego me atrapó.

No, eso no encaja. Sí me atrajo a su piso y me atrapó, pero hay algo racional y no psicopático en él. Pero no fue él quien llamó a esto un *negocio* porque, ¿qué clase de persona no psicopática secuestra mujeres y las ata a camas con bridas como trabajo?

—Vete a la mierda, gilipollas. —Sí. Estoy siendo muy madura ahora mismo.

Parece tomar el hecho de que no he vuelto a gritar como evidencia de mi cooperación porque va a la cocina. Observo cómo bate cuatro huevos y prepara cuatro rebanadas de pan con mantequilla.

—Tengo un examen de historia hoy —recuerdo. También tenía tiempo reservado en el estudio para trabajar en mi cerámica.

—Te lo vas a perder. —Apila todo en un plato y regresa a la cama, parado sobre mí.

—Se notará mi ausencia —digo, aunque no estoy segura de que sea cierto. No tengo buenos amigos. Los que tenía en el colegio privado eran circunstanciales. Se han ido a la universidad ahora. Nadie se quedó en Liverpool. No hay nadie en mis clases que notaría mi ausencia.

El profesor de arte no pensará nada si falto a mi turno en el torno. Puedo ser impredecible.

La comida huele bien, a pesar de que tengo el estómago revuelto.

—Te liberaré los tobillos si prometes portarte bien.

—Me portaré bien —miento.

Probablemente debería haber intentado gritar pidiendo ayuda otra vez mientras él estaba en la cocina. No estoy segura de qué me detuvo: si fue su amenaza de estrangularme, o el hecho de que no termino de creer en su amenaza. Es decir, sí le creo. Detuvo mi respiración en el baño durante unos segundos aterradores. El cuello todavía me duele donde me sujetó. Definitivamente es capaz de asesinar.

Pero su violencia parece medida. No me golpeó cuando le di el cabezazo. Tampoco se vengó mucho en el baño.

Coloca el plato de huevos y tostadas en la mesita de noche y corta una de las bridas con una navaja, luego recoge mis bragas.

—Si me pateas, te azotaré el culo con un cinturón —me advierte.

Me dan ganas de patearlo. Muy fuerte. Especialmente porque me hace sentir un hormigueo por dentro. Como si, en otras circunstancias, quisiera que cumpliera una amenaza así. Si fuera mi elección. No cuando estoy atada contra mi voluntad.

Pero la comida huele bien, y no quiero que me haga daño, así que me quedo quieta y observo cómo desliza mi pie libre por el agujero de mis bragas antes de cortar el otro tobillo y pasarlo también.

No es sexy. Es decir, no debería serlo. Pero me siento toda temblorosa y extraña mientras arrastra las bragas por mis muslos. Quiero que sea el chico que pensé que era anoche.

¿Estaba completamente fuera de mí por el éxtasis? ¿O era realmente increíble? Sé que en ese momento sentí que me había tocado la lotería.

Necesitando recuperar de alguna manera esa dinámica, necesitando sacar esto del terreno del terror y llevarlo a algo más, empujo con mis pies para levantar mis caderas para que pueda subir mis bragas sobre mi trasero, y cuando está sobre mí, muevo mis caderas.

Funciona. Se detiene por un breve segundo, y sus cejas se fruncen mientras tira de mis bragas el resto del camino. Empuja mis caderas hacia abajo.

—Eres una chica loca. —Su acento está marcado esta mañana.

—Qué gracioso. Yo pensaba que el psicópata eras tú.

—No. No psicópata. —Se sienta a mi lado en la cama y toma el plato. Coge un tenedor lleno de huevos, y yo abro la boca. —No eres lo que esperaba.

Cierro la boca y giro la cabeza hacia un lado para rechazar la comida.

—Espera... ¿qué?

Él mismo se come el bocado de huevos.

—No está envenenado. No te haré daño si cooperas. —Encuentra mi mirada y la mantiene como si realmente quisiera que le creyera.

—¿Es esto... personal? —pregunto, con la voz temblorosa—. ¿Me conoces?

—Conozco a tu padre. —Mantiene otro bocado hacia mí. Quiero la comida, pero la información es más importante. De nuevo, me aparto.

—Espera. ¿*Trabajas para* mi padre?

Ahora es su turno de quedarse atónito. Me mira con la boca abierta.

—¿Trabajar para él? ¿Crees que uno de los hombres de tu padre le haría esto a la hija del jefe...? —Se interrumpe y sacude la cabeza. —Sí, probablemente lo harían. Son la peor escoria de la Tierra.

Mi corazón late con fuerza con este nuevo conocimiento.

—Me estás manteniendo como rehén. —Estoy poniéndome al día.

—*Da*.

—Te matará. —Lo digo no como una amenaza sino con total sinceridad. Mi padre es un empresario despiadado. Él cree que no sé que es un señor del crimen, pero no soy estúpida. Sé que todos a su alrededor viven con miedo. Hace tiempo que creo que mi madre me abandonó para salvar su propia vida. O tal vez eso es lo que una niña de seis años se dice a sí misma cuando su madre desaparece un día.

Una historia que termina con un final feliz más adelante. Mi madre regresando a mí cuando pueda. Recuperando a su amada hija.

Pero, por supuesto, nunca volvió.

Quizás esté muerta.

Quizás él la mató.

—Querrá verme muerto —acepta Adrian como si estuviera conforme con este conocimiento.

Un escalofrío recorre mi piel.

—¿Estás pidiendo un rescate?

Adrian duda.

—Sí.

Más escalofríos descienden por mi columna. Hay algo más en esto.

—¿Cuál es el rescate? —Mis palabras apenas salen como un susurro.

Me mira como si no estuviera seguro de su decisión.

—Cinco millones.

—¿Cinco millones? —Sueno estridente. —¿Eso es todo? Sabes que él tiene al menos cien millones, ¿verdad? —Lo sé porque una vez le escuché presumir de ello con una mujer.

—Él tiene que traer el dinero personalmente. —Hay algo terriblemente siniestro en la forma en que Adrian dice las palabras, y de repente me doy cuenta de lo que es: una trampa.

Yo soy el cebo.

Miro el plato de comida y levanto la barbilla hacia él. Él capta la indirecta y me da un bocado. Instantáneamente estoy hambrienta. Mastico rápidamente, trago y vuelvo a gesticular con los ojos. Me da un bocado tras otro hasta que he terminado la mitad de los huevos y dos trozos de tostada. Miro un tercer trozo.

—¿Es tuyo?

—Puedes tomarlo. No vas a vomitar otra vez, ¿verdad?

—No. Me siento mejor. —Como la mitad del tercer trozo de tostada y luego paro, apartando la cara de él. Él termina lo que queda en el plato.

He tenido tiempo de digerir la información mientras comía.

—¿Eres de las fuerzas del orden?

Él se burla.

—No lo creo. Entonces... ¿es algo personal?

Da un solo asentimiento.

—Es personal.

—Mató a alguien que amas.

—*Nyet.*

—¿No? —Estoy sorprendida. Estaba segura de que sería eso. ¿Por qué otra razón alguien tendría una vendetta personal contra un hombre?

—No.

—¿Qué hizo?

—No quieres saberlo. —Adrian se levanta.

Mi cuerpo reacciona a su ausencia con pánico.

—Espera. Vuelve.

Se detiene y se da la vuelta, pero no se sienta de nuevo.

—¿Qué pasa?

—¿Quieres hacerle daño a mi padre? Cuenta conmigo.

Se queda inmóvil, su rostro es una máscara indescifrable.

—Eso está bien —dice después de una pausa, pero tengo la sensación de que no me cree. Claro que no. Podría ser fácilmente una estratagema. Quiero decir, tal vez lo sea por mi parte. Solo quiero librarme de estas horribles bridas. Quiero darme una ducha caliente y cambiarme de ropa. No soy exactamente leal a mi padre. Le odio de esa manera airada de adolescente sin amor. Esa en la que una parte de mí todavía desea desesperadamente su amor y aprobación, y el resto le odia porque sé que nunca lo conseguiré.

Miro la fuerte espalda musculosa de Adrian cuando se aleja, llevando el plato vacío a la cocina. Lo lava y lo pone en el escurreplatos.

—¿Es Adrian tu nombre real? —pregunto a su espalda.

—*Da*. Adrian Turgenev —me dice, como si fuera importante. También implica que no tiene miedo de que alguien descubra su identidad, ni mi padre. Ni las autoridades.

Así que, o piensa que no importará, o no le importa. Quizás porque no planea dejarme vivir.

—¿Vas a matarme? —suelto.

—No. —Vuelve a hacer de oso gruñón. —Ya te lo dije. Yo...

—...no me harás daño si hago lo que se me dice.

—Precisamente esto. —Asiente.

Esta vez le creo. Las cosas se están aclarando. Algunos de mis peores temores se han disipado. No es un psicópata que planea torturarme y mantenerme en una jaula como su esclava personal. *¡Dios! ¿Por qué ese pensamiento me excita un poco? Quizás Delaney tenga razón. Hay algo enfermo en mí que requiere sanación.* No va a venderme en una subasta de esclavos. No planea matarme para vengarse de mi padre.

El teléfono de Adrian suena, y lo saca de su bolsillo.

—Nadia. —Se da la vuelta, hablando en ruso. Su voz es suave. Persuasiva.

Me quedo helada.

Por alguna razón, este desagradable sobresalto rivaliza con despertar con una mordaza en mi boca.

Adrian tiene una mujer.

CAPÍTULO 4

Adrian

—¿Cómo estás? —le pregunto a mi hermana menor en nuestra lengua materna. Intento hablar con ella cada día o cada dos. Durante todo el tiempo que he estado fuera, he batallado con la culpa por dejarla allí sola. Ha avanzado mucho en el año que lleva libre, pero todavía sufre episodios de paranoia debilitante y depresión provocados por su trastorno de estrés postraumático. Padece agorafobia, miedo a salir de casa. Está recibiendo terapia, pero sigo teniendo mucho miedo de que recaiga.

—Estoy bien. —Se ríe con voz somnolienta. —Acabo de despertarme. Son las seis de la mañana aquí. Me enviaste un mensaje para que te llamara cuando me despertara.

—Cierto, lo siento. ¿Has salido del edificio desde la última vez que hablamos?

—No, pero voy a salir esta noche.

Claro. Es jueves, lo que significa que toca el grupo de Story.

Nadia no está completamente sola en América. Vivimos

en el Kremlin. No el verdadero Kremlin, sino el rascacielos a orillas del lago en Chicago propiedad de Ravil, mi *pakhan* de la bratva. Los vecinos llaman al edificio el Kremlin porque solo viven rusos allí. A menos que cuentes a la esposa abogada de Ravil, la que me libró de los cargos de incendio provocado después de que quemara la fábrica de sofás de Poval, que en realidad era una tapadera para la trata sexual.

La novia americana de Oleg, Story, también vive allí.

Aprieto los dientes. Debería estar encantado cada vez que Nadia está dispuesta a salir del apartamento. Me llevó meses y meses conseguir que saliera del edificio. Pero temo que está un poco obsesionada con el hermano menor de Story, Flynn, que toca en la banda. Y Flynn es un maldito mujeriego.

Es el último tío al que mi hermana debería lanzarse. Aunque, esa podría ser la gracia salvadora. Flynn está demasiado ocupado con todas las fanáticas que le lanzan sus bragas al escenario como para prestar atención a mi hermana sociófoba y extremadamente dañada.

—¿Va a ir Sasha? —No quiero que esté allí si no hay otra mujer.

—Sí. Sasha y Maxim, Oleg y Maykl.

—Bien. Si necesitas irte antes, se lo dices a Maykl y él te llevará de vuelta. —Maykl me prometió que cuidaría de Nadia mientras yo estuviera fuera. Es el hermano de la bratva que conocía de Rusia. Nuevo en nuestra célula, como yo. Honorable. Confío en él para que la cuide. Además, le dije que le cortaría las pelotas si la tocaba, así que por eso también.

—Yo... creo que me quedaré.

Joder. Temo que esté realmente obsesionada con Flynn. ¿Debería decir algo? Debería. Necesito advertirle que es un rompecorazones.

No, no puedo obligarme a hacerlo. Es el primer interés que ha mostrado por algo desde que Poval la secuestró de casa hace casi dos años. Si esto la saca del edificio, tiene que ser una victoria. Solo temo que un corazón roto sería su fin.

Literalmente.

Estuvo con tendencias suicidas durante mucho tiempo.

—¿Vas a ir a trabajar hoy?

—Por supuesto —me regaña—. ¿Crees que no puedo ir a trabajar porque tú no estás?

—Solo me estoy asegurando.

Ravil, en toda su benevolencia, mágicamente encontró trabajo para mi hermana cuando finalmente la encontré y la traje conmigo. Al igual que me acogió y me mostró lo básico cuando llegué a Chicago, siguiendo el rastro que me llevó a la fábrica de sofás, encontró un lugar para Nadia.

Como todavía está aprendiendo inglés y tiene miedo de interactuar con la gente, le dio un trabajo limpiando el Kremlin. Sin importar que ya tenga al menos otros cinco inmigrantes rusos en nómina para el mismo trabajo.

Ahora que está saliendo de la depresión, también cuida a sus niños de vez en cuando.

—¿Te has duchado? —A veces la higiene personal desaparece cuando está en un mal momento.

—Me ducharé después del trabajo.

Claro. No saldría a ver a los Storytellers sin ducharse.

—¿Has desayunado?

—Lo haré. Adrian, estoy bien. ¿Y tú? ¿Qué estás haciendo? ¿Cuándo vas a volver a casa?

—Solo tengo algunos asuntos que resolver. Volveré en un par de semanas... si todo va bien.

—¿Y si no va bien? —Su voz suena tensa.

—No te preocupes por mí —le digo. No tengo intención de morir a manos de Poval. Sé que es una posibilidad clara, pero planeo volver a casa vivo. Con la justicia servida.

Echo un vistazo a Kat, que no merece su papel en mi

venganza. Está frenéticamente frotándose las muñecas contra las bridas.

—Ravil quiere que le llames. Dice que es importante.

—Sí, lo haré. Tengo que irme, Nadia. Llámame mañana cuando despiertes.

—Lo haré.

Dudo un momento.

—Pásalo bien esta noche.

—*Spasibo* —me agradece—. *Do svidaniya.*

—*Do svidaniya.* —Me despido y cuelgo, luego camino hacia el lado de Kat. —*Oye* —digo bruscamente—. Solo te estás haciendo daño. No vas a liberarte. Deja de intentarlo.

—Vete a la mierda, *mudak.*

Gilipollas es igual en ucraniano que en ruso.

No me gusta hacer daño a las mujeres. De hecho, es lo contrario. Sabiendo lo que sufrió mi hermana, la idea de hacerle daño a una mujer me da asco. Pero Kat se ve tan hermosa ahora mismo con sus muñecas atadas sobre su cabeza. Sus labios están agrietados, lo que los hace rojos y bonitos y muy besables.

Me froto la frente.

No debería involucrarme emocionalmente con esta chica. Eso debería ser lo último en mi mente ahora mismo. Debería estar canalizando el enfoque frío y profesional de Ravil. No mostrar nada, no dar nada. Pero en cambio, siento la necesidad de reclamar a esta chica. De consolarla. De mostrarle quién manda de una manera más sexy que usando bridas en sus pobres muñecas. De la manera que le gustó anoche.

Kateryna es una chica hermosa y sexy, y anoche definitivamente me afectó de una manera que no esperaba. Puede que no pensara que me gustara el uniforme de colegiala o jugar a ser dominante, pero ahora sí. Ahora definitivamente sí. Nunca olvidaré lo que se sintió hacerla correrse en mis dedos después de darle azotes hasta dejar ese bonito culito rojo.

—Duelen —se queja—. Me duelen los brazos. Me duelen las muñecas. ¡No puedo seguir en esta posición!

Da. Tiene razón. Necesito cambiar las cosas. Saco mi navaja del bolsillo y corto la brida que ata sus muñecas, agarrando sus manos para evitar que me golpee.

Lo intenta. Me golpea y me da patadas, convertida de repente en una pequeña bola de veneno violenta. Tengo que inmovilizarla en la cama, con mis rodillas a horcajadas sobre su cintura, con mi peso cayendo para esposar sus muñecas con mis manos. Me siento sobre su pelvis para inmovilizarla.

Después de un momento de lucha inútil, se queda quieta, respirando con dificultad debajo de mí. Su mirada es menos de enfado que de... ¿dolor?

Por esto no debería haber mezclado negocios con placer. Estoy jodiendo esto de manera terrible.

—Déjame ir. —Sus ojos se llenan de lágrimas de rabia.

—No lo hagas difícil, *dietka.*

Ella cambia de táctica.

—Necesito usar el baño.

Probablemente sea mentira, pero ¿qué puedo hacer? No voy a hacer que se ensucie en la cama.

—Vale. Vamos. —Debería volver a ponerle las bridas, pero decido arriesgarme y simplemente sujetarla. Es pequeña y no está entrenada en combate cuerpo a cuerpo como yo. Podría tener suerte y dejarme fuera de combate, pero parece muy poco probable.

Levanto mis caderas de las suyas y muevo una pierna fuera de la cama, la agarro por las muñecas para hacerla girar hasta sentarse y luego ponerse de pie. Su mirada todavía mantiene el mismo dolor que vi hace un momento.

Doblo sus muñecas detrás de su espalda una a una y luego

la giro para que mire hacia el baño y camino detrás de ella, manteniéndola prisionera.

Cuando llegamos al baño, ella usa el inodoro y luego enciende la ducha.

—Me siento asquerosa —dice malhumorada. Sin mirarme, comienza a quitarse la ropa, empezando por sus calcetines hasta las rodillas.

Cierro la puerta y apoyo mi trasero contra ella.

—Bien. Usa la ducha. —Cruzo los brazos sobre mi pecho.

No hay ventana en la ducha. No va a escaparse. Parece bastante inofensivo.

Ella se baja la cremallera de la falda y la deja caer, luego se quita la blusa, el sujetador y finalmente las bragas.

Intento mantener mi mirada... bueno, difusa. No puedo exactamente apartar la vista o darle la espalda. Podría golpearme la cabeza con la parte trasera del tanque de cerámica del inodoro. Pero es condenadamente difícil no apreciar su hermoso cuerpo. Tiene pechos llenos y maduros que contrastan con su pequeña caja torácica y estrecha cintura. No tiene mucho en el departamento de caderas, pero sus piernas son bien formadas, y ese trasero... tan lindo.

Me ignora y se quita las bandas elásticas que sujetan los extremos de sus trenzas para desenrollar su largo cabello oscuro. Entra en la ducha y cierra la puerta de cristal esmerilado.

—¿No tienes acondicionador? —exige.

—*Nyet*. ¿Por qué necesitaría acondicionador?

—*Yo* necesito acondicionador. ¿Sabes lo enredado que va a quedar mi pelo?

—Lo siento, *printsessa*.

Abre la puerta de la ducha de golpe para hacerme una peineta. Le lanzo una mirada dura, aunque su comportamiento de niña malcriada me está gustando cada vez más. Cierra la puerta de nuevo, pero no antes de que yo eche un buen vistazo a su cuerpo mojado, aún más glorioso con gotitas de agua cayendo, rogando ser lamidas.

Joder.

Está ahí una eternidad. Pienso en decirle que se dé prisa de una puta vez, pero ¿qué importa, realmente? Esta es la única oportunidad que tendrá de estar libre de las bridas, bien puedo dejar que lo disfrute.

—¿Quién es Nadia? —exige después de un rato. Oigo la acusación en su voz.

De repente, el dolor en sus ojos y voz tiene más sentido.

Mierda.

Eso significa que ya se ha encariñado conmigo. Lo suficiente como para estar celosa de una chica que me llama por teléfono.

¿Por qué tuve que involucrarme sexualmente con ella anoche?

No necesito esta complicación.

Ella no necesita esta complicación. ¿O la hace más fácil? No, ese fue mi razonamiento anoche. Llevarla a mi casa con su consentimiento para evitar más trauma. Pero realmente es más un trauma tardío.

Porque en última instancia, esto termina de una sola manera: con su padre muerto por mis propias manos.

¿Cómo se sentirá al respecto si piensa que somos amigos? ¿Amantes?

No respondo, dándole vueltas a las opciones en mi mente. Todavía no tengo práctica en tomar decisiones en una fracción de segundo. Soy el limpiador. El que analiza las cosas después de que suceden. Me tomo tiempo para rumiar una situación.

De repente, ella sale volando de la ducha que aún corre, con el mango de mi cuchilla de afeitar agarrado como un arma. Salta sobre mí, a horcajadas sobre mi cintura, e intenta clavar el mango de la cuchilla en mi ojo. Agarro su muñeca, que está resbaladiza y mojada, y avanzo hacia la ducha, donde la inmovilizo contra la pared de azulejos. El agua empapa mi ropa, llena mis botas. Golpeo la muñeca de la mano que sostiene la cuchilla contra los azulejos para que la suelte.

—¿Quién es ella? —grita—. ¿Por qué jugaste conmigo? Por qué... —Su voz se quiebra.

—Es mi hermana —digo, olvidando todo mi razonamiento ahora—. No debería haber jugado contigo. No debería haberlo hecho. Estuvo mal. Lo siento, *malysh*.

—¿*Por qué* lo hiciste? —croaja.

—No planeaba atraparte anoche, ¿vale? Solo te estaba siguiendo. Aprendiendo tus hábitos. Pero me notaste. Y luego esos *mudaks* intentaron violarte.

—¡*Tú* me violaste! —Intenta darme un cabezazo de nuevo, pero muevo la cabeza a un lado. Mi nariz se siente ligeramente hinchada y magullada por su ataque anterior. —¿Por qué no simplemente... por qué lo hiciste?

Su confusión me desgarra.

—Lo siento. Estabas colocada. No quería que las drogas intensificaran el trauma. Así que esperé.

Me mira fijamente, asimilándolo.

—¿No querías...? ¿Me estabas salvando de un mal viaje? —Las gotas de agua se acumulan en sus pestañas. El delineador negro de anoche ha sido lavado, y está aún más hermosa así.

Asiento.

—¿Y Nadia es tu hermana?

Me echo hacia atrás y dejo que se deslice hasta el suelo de la ducha ahora que se le ha ido la combatividad.

—*Da*. Ella está... —Me detengo. No quiero contarle a Kateryna los detalles de lo que hizo su padre. Ya es bastante malo que se lo vaya a quitar. No tengo que arruinar también su imagen de él. —Tu padre la arruinó. —Lo dejo ahí, retrocediendo y cerrando la puerta de la ducha.

~

KAT

Me quedo bajo el chorro de agua, temblando. Aturdida por la nueva información revelada por mi captor.

Esto es venganza por Nadia. Su hermana.

A quien mi padre arruinó.

¿Arruinó cómo? Cierro los ojos con fuerza. Creo que no quiero saberlo. Igual que no quiero saber con certeza qué le pasó a mi madre. Si todavía está por ahí en algún lugar o si mi padre también la arruinó.

Abro la puerta de la ducha y encuentro a Adrian todavía en su mismo puesto contra la puerta. Está empapado, con la ropa completamente mojada, con su cabello oscuro pegado a la frente.

—¿Quieres entrar? —Mi garganta está áspera de tanto gritar. —El agua todavía está caliente.

Él niega con la cabeza.

—No. No debería haber mezclado las cosas entre nosotros. Estuvo mal. Solo hace todo más difícil.

Asiento, de repente profundamente triste. Probablemente sea solo la bajada del éxtasis de anoche. Los químicos de mi cerebro deben estar completamente desequilibrados.

—Quédate ahí todo el tiempo que quieras. Hoy no tenemos que ir a ninguna parte.

Maldición.

Es... amable. Como había sospechado anoche, bajo ese exterior áspero y gruñón hay un hombre que vale la pena.

Mantengo la puerta de la ducha abierta, pero retrocedo hacia el chorro de agua. No sé si estoy intentando tentarle o simplemente necesito mantener la conexión.

—¿Lo de anoche fue un trabajo? —Levanto las manos hacia mi pelo, siguiendo la mirada de Adrian cuando cae sobre mis pechos alzados. —¿Tuviste sexo conmigo para evitar que tuviera un mal viaje? ¿Eso es todo?

—No tuve sexo contigo.

—Sí, sigue diciéndote eso. Tuve tu polla en mi boca y tú tuviste tu lengua entre mis piernas. Eso es bastante sexual.

Agarra los extremos de la toalla y me empuja contra la pared.

—Lo siento, Kateryna. Fue un error. No volverá a ocurrir.

Está diciendo lo que no quiero oír. No quiero que se disculpe y me diga que fue un error. Quiero que me diga que le cambió el mundo como me lo cambió a mí. Quiero que me diga que es el tipo que creí que era anoche. El oso sexy y gruñón capaz de todo, cumpliendo todas mis fantasías sexuales más profundas y oscuras. El tipo que pidió explícitamente y esperó mi consentimiento, pero luego tomó el control de la manera más deliciosamente dominante.

Gracias a mis tres años de terapia, también reconozco que estoy siendo infantil y necesitada. Estoy intentando apegarme emocionalmente a un tipo que me secuestró para usarme de cebo contra mi padre. Creer que de alguna manera voy a formar un vínculo emocional duradero con este tipo es estúpido e insensato.

Pero estúpida e insensata son prácticamente mis segundos nombres.

—¿Así que no fue real? —insisto—. ¿Me sedujiste por mi propio bien? —Dejo que se note mi incredulidad.

Se vuelve pétreo, regresando a su oscuro ceño fruncido.

—Por mi propia conveniencia —espeta—. Vístete.

No le creo. Está creando distancia entre nosotros a propósito. Una parte de mí quiere enfadarse, que es lo que él quiere, y permitírselo. La otra parte quiere seguir presionando. Seducirle como hice anoche. Porque ambos sabemos que fui yo quien se le insinuó, no al revés.

—Necesito ropa limpia —afirmo. Me manché la blusa con vómito esta mañana y ahora huele mal.

—Puedes ponerte mi camiseta —refunfuña Adrian, empujándome fuera del baño hacia el pequeño apartamento en penumbra.

Pienso en hacer una carrera hacia la puerta, pero estoy desnuda y dudo que lo consiguiera. Sentí los músculos y la demostración de fuerza de Adrian anoche. Está en excelente forma. Me lleva hasta donde hay una maleta en el suelo y la abre con el pie.

—Coge algo —ordena.

Dejo caer la toalla a propósito, manteniendo su mirada por un momento antes de agacharme lentamente. La necesidad de demostrar que lo de anoche fue más que conveniencia es fuerte.

Las fosas nasales de Adrian se dilatan y los músculos alrededor de su mandíbula se tensan.

Bien.

Espero que sufra. Espero que se le hinchen de dolor mientras me mira.

Rebusco en la maleta, buscando algo duro con lo que pueda golpearle en la cabeza.

Pero él me ha calado.

—Coge la de arriba —ladra—. Deja de joder.

—¿Esta? —pregunto con fingida inocencia. Engancho un dedo en el cuello de una suave camiseta Henley verde cazador y la levanto separada de mi cuerpo, para que no oculte nada—. ¿Tienes algunas bragas para mí?

—No juegues a la seductora —dice Adrian.

—No sé a qué te refieres.

—Debes estar buscando un castigo. —La voz de Adrian es sedosa y profunda.

Sonrío porque está siguiéndome el juego. O está jugando, o va en serio. No me importa cuál de las dos sea: me encanta este juego. Mis pezones se endurecen formando pequeños botones.

La mirada de Adrian baja hacia ellos, luego me arrebata su camiseta de las manos y me la pone por la cabeza como si fuera una muñeca que tiene que vestir. Sacude la cabeza como si le diera asco, pero sé que es mentira.

—No hay bragas para ti. —Me da una palmada en el trasero y me agarra ambas muñecas detrás de la espalda. Mi corazón se acelera de emoción.

—Oh, azótame, papi.

—No. *Nyet.* —Me empuja hacia delante, de vuelta a la cama. Ahora hay genuina irritación en su voz. Me encanta un poco. —Te dije que no me llamaras así.

—Lo siento, amo —digo con una falsa voz sumisa.

Me lleva al lado de la cama y saca una brida nueva de su bolsillo.

Me resisto.

—No más bridas. ¿Has visto mis muñecas? —exijo.

Me gira las muñecas hacia delante y las examina. Están irritadas y en carne viva, y aunque su rostro no cambia, de alguna manera estoy segura de que se siente mal por ello.

Sujeta mis muñecas con una mano y usa la otra para coger la mordaza que tenía alrededor de mi cabeza esta mañana. La enrolla alrededor de mis muñecas dos veces y luego coloca la brida encima.

—¡No tan apretada! —intervengo cuando empieza a ajustarla.

Se detiene, va más despacio. Mide con cuidado y luego la afloja un poco.

Hago una demostración de estremecerme y contener la respiración como si realmente doliera. Quiero decir, duele, está sensible, pero definitivamente estoy exagerando.

La afloja otro poco. Mantengo una presión hacia fuera en mis muñecas para mantenerlas separadas mientras las ata, y no las giro ni las volteo para mostrar que todavía tengo un poco de espacio. Cuando termina, me empuja hacia atrás para sentarme en la cama.

—Manos arriba, *dietka*.

—No —digo obstinadamente.

Cuando levanta las cejas en señal de advertencia, actúo con petulancia.

—¿Por qué tienen que estar sobre mi cabeza? Hace que toda la sangre se drene de mis manos. Mis hombros y cuello todavía duelen. —Me tumbo de lado en posición fetal, sosteniendo mis muñecas frente a mí. —Aquí —ofrezco—. Busca otro lugar para atarme, para que al menos pueda estar de lado.

Adrian respira profundamente como si estuviera esforzándose por mantener la paciencia, pero como sospeché, el tipo es un trozo de pan bajo su actuación de tipo duro. Hace una cadena con varias bridas y ata una al marco de la cama y otra a mis muñecas.

Cuando se levanta, se quita la camiseta mojada. El tipo es guapísimo. Un poco delgado y de piel pálida, pero compuesto de músculos sólidos. Cuando se da la vuelta, veo que tiene un gran y hermoso tatuaje de llamas en el omóplato derecho con las letras cirílicas que deletrean *mest'* debajo.

—¿Qué significa *mest'*?

—*Venganza*. —Se gira y me clava una mirada brutal, y mi estómago da un vuelco.

—¿Quemaste a alguien por venganza?

Niega con la cabeza, sus labios torciéndose con amargura.

—Todavía no.

Un escalofrío de reconocimiento me recorre. Esto tiene que ver con mi padre, estoy segura.

—¿Vas a quemarlo? —pregunto.

—Los tatuajes de la bratva son por crímenes ya completados —dice, quitándose los vaqueros mojados.

Me humedezco los labios con la lengua, incapaz de resistir la pregunta, aunque no esté segura de querer oír la respuesta.

—¿Qué quemaste?

Esta vez, cuando encuentra mi mirada, hay un triunfo ardiendo tras la oscura promesa de retribución.

—Quemé su fábrica —camina hacia el baño en calzoncillos, pero se detiene y se gira cuando llega al umbral—. No hagas ningún ruido —dice. Hay una amenaza en su mirada.

—No es como si alguien pudiera oírme de todos modos —digo, lo cual es cierto porque todavía tiene la televisión a todo volumen.

Desaparece en el baño, y oigo la ducha prenderse.

Perfecto. Hora de escaparme.

Giro y muevo las muñecas, tirando, empujando, retorciéndome.

Joder.

Está más apretado de lo que esperaba, pero todavía hay algo de espacio. Puedo hacerlo. Puedo totalmente hacerlo. Duele, está demasiado apretado, pero quizás pueda pasarlo por encima del pulgar si yo... ¡Sí! Saco una mano con un gemido bajo de triunfo. Estoy libre. Libero la otra mano y salto de la cama.

¿Dónde está mi mochila? La agarro, rebuscando mi teléfono. El agua de la ducha se apaga. ¡Ay! Necesito ropa. Sigo rebuscando mi teléfono mientras corro hacia la puerta donde me quité los tacones anoche. Meto un pie.

—¿Adónde crees que vas? —Un ruso mojado y enfadado se dirige hacia mí con una toalla alrededor de la cintura.

Me quedo paralizada y luego abro la puerta de golpe.

Es demasiado tarde.

Él la cierra de golpe antes de que pueda atravesarla y me agarra por la garganta.

—Ahora estás en un gran problema. —Me mantiene inmovilizada contra la puerta. Mi bolso cae al suelo.

No está sin aliento como yo, ni parece particularmente sorprendido o decepcionado. También noto que no ha apretado los dedos alrededor de mi garganta. No lo suficiente como para ahogarme, de todos modos.

Claro, me necesita viva.

¿O no? Un escalofrío me recorre al darme cuenta de que no me tiene para pedir rescate. No realmente. Quiere matar a mi padre.

Pero este tipo no me mataría a menos que tuviera que hacerlo. Estoy segura de eso.

Al menos... creo que lo estoy. Me dio su nombre completo, lo que podría indicar que no planea dejarme marchar.

—¿Vas a castigarme, papi? —le provoco, sabiendo que odia ese nombre.

—Definitivamente.

Tiemblo por la forma en que lo dice sin dudar. Como si ya lo hubiera planeado, incluso antes de que yo intentara convertir esto en un juego sexual.

—Voy a darte azotes hasta que llores, niñita.

El calor inunda mi pelvis, derramándose por mis muslos internos. Odio y amo la amenaza al mismo tiempo.

Pienso en intentar darle un rodillazo en los huevos otra vez, pero debe leer mi mente porque me gira para quedar de cara a la puerta y sujeta mis manos contra ella por encima de mi cabeza. Levanta la parte trasera de su camisa para desnudar mi trasero y me da varias nalgadas fuertes a la derecha y a la izquierda.

Mi coño se contrae. Duele, pero también me resulta sexy.

Está jugando mi juego. No hay nada dañino en el castigo. Solo está usando su mano. Puede que escueza y duela un poco, pero dudo seriamente que pueda hacerme llorar.

—¿Ibas a salir corriendo sin bragas, *dietka*? —Propina otra ráfaga de azotes en mi trasero, alternando un lado y luego el otro.

Empujo mi trasero hacia fuera porque definitivamente está jugando mi juego. Está hablando de salir sin bragas, no de que intentara escapar. No de haberlo engañado para que no me atara lo suficientemente fuerte.

No creo que esté ni siquiera enfadado.

Dejo escapar un suave gemido, pero intento quedarme en mi sitio, quieta. Me gusta demasiado. Todo el miedo y la adrenalina de intentar escapar ahora se están transformando en lujuria ardiente. Adrian no se contiene, no como lo hizo anoche. No hay pausas ni caricias entre medias.

Rápidamente es demasiado. Todavía no como para llorar ni nada, pero arde y me dan ganas de revolverme. Jadeo, mi coño goteando miel mientras él enciende mi trasero.

Estoy un poco mareada cuando se detiene abruptamente. Agarra mi pelo mojado y tira de mi cabeza hacia atrás.

—*Niña. Mala.*

Casi me corro. Tan cerca. Sentí un temblor, una punzada.

Me sostiene así por un momento, mis muñecas inmovilizadas en la puerta por una de sus manos, mi pelo tirado hacia atrás con la otra. Mis pezones son puntas duras y ardientes contra su camisa suelta y suave. Mi pulso martillea.

Vamos a tener sexo ahora.

Espero que sea tan brusco en la cama como fuera de ella.

Apuesto a que lo es.

Tiemblo de emoción, de endorfinas.

Me aparta de la puerta y me lleva de vuelta a la cama, todavía sujetando mis muñecas por encima de mi cabeza y agarrando mi pelo.

—Acuéstate —ordena, soltándome y dándome un empujón.

No me gusta que me haya soltado. Se siente mal. Pero

subo a la cama, poniéndome sobre mi vientre y separando mis piernas, como queriendo mantener la sensación de castigo.

Adrian ata mis muñecas juntas con bridas, demasiado apretadas, y las fija al cabecero, estirándome en un puente para mantenerlas ahí.

Hago una mueca mientras me apoyo en ellas para meter mis rodillas debajo y ponerme más cómoda. Ahora mi trasero está fuera para él, listo.

Es entonces cuando se aleja.

drian

No puedo hacerlo. Sé que ella quiere que la satisfaga.

Definitivamente quiero hacerlo. Mi polla levanta tanto esta toalla que es un milagro que se haya mantenido en su sitio, la toalla, no mi polla. Pero follarme a una chica que está atada y es mi prisionera no es algo que pueda permitirme hacer.

Si hiciera eso, sería igual que Leon Poval y todos sus clientes y compañeros capullos. Sería igual que los hombres horribles que usaron y abusaron de mi hermana mientras la mantenían contra su voluntad como esclava sexual en el sótano de la fábrica de sofás esperando a un comprador a largo plazo.

Ese pensamiento me revuelve el estómago.

Aunque parezca bastante consensuado, aunque sé que Kat disfrutó de los azotes, de ninguna manera voy a follármela.

—¿Qué demonios estás haciendo, ruso? —me espeta.

Está cabreada, y lo entiendo. Supongo que acabo de

hacerle el equivalente a un calentón. La he dejado con el coño hinchado o como se diga.

—No te alejes. ¿Estás haciendo fotos? —grita.

No iba a hacerlo, pero no es mala idea.

—A tu padre le gustará esta —digo, encontrando mi móvil en la encimera y levantándolo. Realmente es una gran toma con su culo enrojecido y la posición extremadamente degradante.

—Ni te *atrevas*. Vale, entonces... —Aparta su pelo mojado por encima del hombro y arruina la foto dándome una enorme sonrisa dentuda. —Adelante —dice sin mover los labios—. ¿Qué pasa?

Deja caer sus caderas hacia un lado, contorsionándose para rodar sobre su espalda, donde abre las piernas en un amplio *split* y saca la lengua como si estuviera posando para una foto porno. Canta una canción sobre cómo podría ser del color que me guste.

Niego con la cabeza.

—Chica jodidamente loca.

Canta más de la canción, moviendo las caderas y sacudiendo la cabeza como si estuviera en un vídeo musical, no atada a mi cama.

—¿Qué es eso? ¿Qué estás haciendo? —Hay algo vagamente familiar, pero sinceramente no sé qué está pasando.

—¿Dónde has estado? Es "Grace Kelly", de Mika. ¿Has visto el reto de Grace Kelly? —Canta más de la canción.

—¿Qué?

Está haciendo locos *splits* y cruces con sus piernas como una sirena salvaje tentándome hacia el mar de mantas.

—En TikTok.

TikTok. Está loca.

Dejo el teléfono e ignoro lo que hace, yendo a la maleta para encontrar ropa seca que ponerme. Me pongo unos bóxers ajustados y luego mis vaqueros.

Termina la canción y luego empieza de nuevo, excepto que solo repite la misma estrofa una y otra vez en diferentes tonos.

Es enloquecedor. Adorablemente rebelde. Sigo ignorándola.

Finalmente deja de cantar. Debe darse cuenta de que no voy a volver porque dice:

—Te odio, Adrian Turgenev. Eres una mierda. En serio. Voy a empezar a gritar.

Me giro y señalo con un dedo de advertencia, sin tener la oportunidad de subirme la cremallera de los vaqueros.

Me mira con furia y toma una bocanada de aire. Me está dando tiempo para detenerla. Me quiere de vuelta allí.

—Soco...

Salto sobre la cama y le tapo la boca con la mano cuando grita. Mi cuerpo cubre el suyo. Está desnuda de cintura para abajo, y el olor de su excitación cosquillea mis sentidos.

Hay tanto triunfo como miedo en su mirada.

La necesidad de calmarla, de convertir esto en algo sexual, de hacerlo completamente distinto de lo que sufrió mi hermana me hace ronronear:

—¿Qué pasa? ¿Hice que ese coño se ponga caliente y mojado, y ahora se siente demasiado vacío?

Sus brillantes ojos azules se clavan en los míos. Veo vulnerabilidad y deseo en ellos. Es la vulnerabilidad la que me desgarra.

—Escúchame. —Retrocedo y lentamente quito mi mano de su boca. —Voy a buscar mi navaja. No te muevas. No hagas ni un puto ruido.

Contiene la respiración, observándome mientras recupero mi navaja de mis vaqueros mojados y regreso a ella. Corto la brida que la sujeta a la cama. Sus muñecas siguen unidas, pero puede moverse si quiere.

—Si quieres algo de mí, ven y tómalo. No soy como tu padre. No tomo de las mujeres cuando no tienen elección.

Para asegurarme de no influenciarla, me alejo, agarrando un par de calcetines de mi maleta y sentándome en una silla para ponérmelos.

Kat me observa con una mirada malhumorada.

Adopto una postura natural. Estoy preparado si intenta huir, pero dudo que lo haga. La carga sexual entre nosotros es eléctrica. Embriagadora.

Se acerca a mí con aire desdeñoso. Tiene el aire de una niña a la que han obligado a disculparse por algo que no cree haber hecho mal.

Se lo pongo más fácil, agarrándola por la cintura y haciendo que se siente en mi regazo, cubriendo su monte de Venus con mi mano libre. Su coño está húmedo e hinchado y mi dedo medio se hunde dentro de ella sin siquiera buscar la entrada.

—¿Es esto lo que necesitas, *malysh*?

Ella gime débilmente.

—*Dilo*. —Sueno como un capullo, pero es importante para mí. La línea entre yo y hombres como Poval parece delgada y borrosa. He capturado a una chica contra su voluntad. La tengo atada y casi desnuda. Necesito demostrarme a mí mismo que no soy exactamente igual que el monstruo que estoy tratando de cazar.

Trazo suavemente alrededor de su clítoris con mi dedo, y ella se retuerce, dejando caer su cabeza en mi hombro.

—Necesito que termines lo que empezaste. —Todavía suena petulante.

Sujeto su garganta contra mi hombro, todavía frotando entre sus piernas con la otra mano.

—¿Quieres que te folle, *malyshka*?

—*Tak*. —La sílaba suena lo suficientemente parecida al *sí* en ruso como para que la entienda.

—Me ocuparé de ti. —Presiono mi dedo dentro de ella otra vez, bombeando con un pulso lento. —¿Cómo lo quieres?

No responde. Lo entiendo. Es evidente que le va el ser dominada. Darme indicaciones probablemente se sienta como dominar desde abajo. Solo conozco estos términos porque mi colega Pavel está metido en estas cosas.

—¿Duro y brusco, Kateryna? ¿Así es como te gusta?

Gimotea porque aumento la velocidad con la que mi dedo entra y sale de ella.

—Porque yo no hago las cosas con delicadeza.

No es del todo cierto, pero quizás con ella sí lo sea.

—¿Lo quieres de rodillas o sobre tu vientre? —No he olvidado cómo se me ofreció hace unos minutos. —Porque definitivamente te lo voy a dar por detrás.

—Basta de hablar —sisea entre dientes apretados.

Saco mi dedo y le doy una palmada en el coño.

—Yo decido cuándo es suficiente.

Gime sonoramente.

Le abro la rodilla sobre la mía y le doy palmadas en el coño repetidamente, ligeras y rápidas.

—Lo haremos simple. Sin palabras rebuscadas. Me dices *para*; de lo contrario, hago lo que quiero. ¿Vale?

Asiente contra mi hombro.

—*Dilo.* —Le doy otra palmada en el coño.

—*¡Sí!*

—Buena chica. —La levanto de mi regazo. —Ve y ponte en la cama. —Supongo que es una última prueba. Me aseguro de que use su libre albedrío para ponerse en posición. De que realmente quiera esto.

Va hacia la cama y se coloca sobre sus antebrazos y rodillas, con el trasero elevado en el aire, convirtiéndose en un objetivo atractivo. Me acerco y paso mi palma suavemente sobre su trasero. Está rojo por los azotes que le di contra la puerta. Ligeramente caliente al tacto.

Levanto la palma y le doy otro fuerte azote. No hace ningún sonido.

—No me gusta lastimar a las mujeres, pero definitivamente podría acostumbrarme a azotarte —le digo.

No dice nada, pero se mantiene perfectamente quieta.

—Eres una chica muy buena, esperando así tu follada. Te ves tan hermosa. —Le subo la camisa por la espalda para revelar sus pechos colgando, y pellizco y giro el pezón del que está más cerca de mí. —Tienes las tetas más bonitas que he visto jamás.

Levanta la cabeza, como si estuviera sorprendida.

—¿Nadie te lo ha dicho antes? —Continúo pellizcando y apretando su pecho mientras le doy otra palmada en el trasero.

Duda, y pienso que no va a responder, pero entonces dice:

—Nadie a quien creyera.

No me gusta eso, por alguna razón. Implica una falta de confianza, algo que no sospechaba de ella. Por lo que vi en la fiesta, sabe que es atractiva. Lo trabaja. Disfruta jugando con los hombres, intentando conseguir algo que parece ansiar.

Agarro su cabello húmedo y aprieto, tirando de él tensamente desde las raíces.

—¿Me crees a mí, Kateryna?

Intenta mirarme, pero con mi mano en su pelo, no puede, así que suelto su cabello.

—¿Mmm?

Hay un bonito rubor en su rostro como si le complaciera oír que estoy enamorado de sus pechos.

—Quiero hacerlo. —Capto esa vulnerabilidad otra vez, y me duele el pecho.

Joder. Se va a encariñar. Ya estoy demasiado cautivado

por ella. Solo hay una manera horrible en que esta relación terminará. Con su padre en un charco de su propia sangre y yo sosteniendo el arma.

No me importa destrozar mi alma para conseguir mi venganza. No me importa si paso el resto de mi vida en prisión o incluso si muero. Pero ahora parece que voy a arruinar a esta chica. Esa era la única cosa que esperaba no hacer.

No quería que estuviera traumatizada como Nadia. No quería que sufriera.

Pero en mi necesidad de cuidarla, de protegerla del trauma, he creado un nuevo punto débil: su corazón.

No es que su corazón no estuviera ya destinado a romperse por perder a su padre, pero que sea hecho por la mano de un hombre con el que ha sido íntima, ¿no la destruirá por completo?

Me está mirando con esos ojos azul aciano. No puedo retroceder ni parar ahora. Tengo que terminar lo que he empezado.

Agarro su hombro y lo empujo hacia arriba para hacerla rodar hacia atrás. Rueda hacia un lado, pero tomo sus caderas y la coloco otra vez sobre sus rodillas.

—No —digo bruscamente, como si me hubiera disgustado—. Mantén ese trasero en alto, para que pueda azotarlo. —Para enfatizar mis palabras, le doy tres fuertes palmadas. Luego empujo su hombro superior para abrirlo de nuevo. —Ahora gírate y dame ese pecho. Te voy a mostrar cuánto me gusta.

Bajo mi cabeza y succiono su pezón en mi boca, luego giro mi lengua alrededor y me aparto. Lo agarro con rudeza y lo retuerzo, pero mis palabras suavizan la acción.

—Tan bonito.

Deja escapar un gemido tembloroso.

—¿Estás mojada para mí, Kateryna? —pregunto. No he tocado su coño desde que vino a la cama.

—Sí —balbucea.

—Déjame ver. —Me coloco detrás de ella y froto mis dedos entre sus piernas. Su miel cubre mis dedos, resbaladiza y dulce. La uso para rodear su clítoris y luego hundo mi dedo de nuevo y lo arrastro sobre su ano. —¿Quieres que te follen aquí?

—No —dice inmediatamente, con su ano apretándose bajo mi dedo.

—Podría gustarte —le digo y golpeo el lugar donde el trasero se une con el muslo. Agarro una almohada y la empujo debajo de sus caderas—. Túmbate, *malyshka*.

Se desliza hacia adelante sobre su vientre y abre los muslos. Acaricio de nuevo, poniendo mi pulgar sobre su ano mientras mis dos dedos se deslizan por su hendidura lubricada. Se siente tan sucio. Tan correcto. Le doy otra palmada en el trasero y luego murmuro:

—No te muevas.

Saco un condón de mi cartera y regreso. No se ha movido ni un centímetro. Kateryna es obediente como el demonio cuando quiere algo.

—Me estoy poniendo el condón. —Mi acento suena marcado.

—Tengo un DIU —me dice.

Le doy una palmada en el trasero.

—Aun así, deberías exigir protección. —Estoy cabreado de nuevo por esos *mudaks* que querían aprovecharse de ella en la fiesta. Kateryna necesita elevar sus estándares.

Me quito los pantalones y me bajo los bóxers, me pongo el condón y me posiciono en su entrada. Hay una voz molesta en el fondo de mi cabeza, intentando tomar el control. Me dice que esto es un error. Este es el momento en que voy demasiado lejos. A un lugar del que no puedo volver.

Pero ahora estoy embriagado de hormonas. Necesito a Kateryna tanto como ella me necesita a mí, y retroceder o alejarme se ha vuelto imposible. Me introduzco en ella lentamente, con cuidado porque soy grande y ella está estrecha. Centímetro a centímetro, introduzco mi miembro en ella hasta quedar completamente dentro.

Le aparto el pelo de la cara y luego lo agarro y lo suelto, dándole un firme masaje en el cuero cabelludo.

—¿Estás bien?

Ella se presiona contra mí.

—Sí. —Suena sin aliento.

Me retiro suavemente y vuelvo a embestir. La almohada que levanta sus caderas me da un buen ángulo. Puedo llegar profundamente dentro de ella y golpear su punto G en el camino.

—*Tak...tak* —gime ella, aparentemente ya en camino hacia la satisfacción.

El placer es mutuo. No he tenido novia desde que dejé Rusia para encontrar a Nadia hace más de un año. He tenido algunos encuentros casuales, pero nada caliente como esto. Nada tan descaradamente pervertido, tan increíblemente sexy.

Kateryna es, por mucho, la chica más sexy con la que he estado.

Juego a agarrar mechones de su pelo y soltarlos, a veces tirando de su cabeza hacia arriba para hacer que arquee la espalda durante unas cuantas embestidas, luego dejándola bajar para que se recupere. Sujeto su nuca como si estuviera clavada a la cama. Juego con uno de sus pezones mientras la inclino hacia atrás tirando de su pelo.

Es flexible. Entusiasta. Cada vez que hago algo contundente o dominante, su sexo se humedece para mí. Aparentemente le encanta que la maltraten.

A mí, aparentemente, me gusta ser su verdugo. El pensamiento me perturba, pero lo aparto. Puedo sentir mi propio placer llegando a su clímax. Avanzando para reclamar la victoria.

Cabalgo sobre Kat, embistiendo más fuerte y más rápido. Engancho mi mano delante de su cuello para arquearla hacia atrás mientras la follo.

—¿Te gusta cuando te lo doy fuerte, *malyshka*? ¿Mmm?

—*Tak* —grita ella.

—Lo tomas como una buena chica, ¿verdad?

Ella deja escapar un sollozo y aprieta mi miembro con sus músculos internos. Ya no puedo contenerme más. Me balanceo contra ella con embestidas duras y contundentes, haciendo temblar la cama y golpeándola contra la pared.

—¡Sí! —grita Kat.

Mi visión se vuelve borrosa. La habitación nada y gira.

Doy un grito y me corro, hundiéndome profundamente dentro de ella para llenar el condón. Ella se entrega en perfecta sincronía, sus músculos ordeñando mi semen mientras ella misma tiembla y se estremece en su propio orgasmo.

—Eso es —murmuro, meciéndome lentamente dentro y fuera para exprimir las últimas réplicas de ella—. Buena chica.

*K*AT

Buena chica. Esas palabras de alguna manera me curan y me hieren al mismo tiempo.

Quizás Delaney tenía razón después de todo.

—¿Lo soy? —pregunto, aunque es algo terrible y necesitado para decir. Voy a asustarlo tal como he asustado a todos los chicos que alguna vez consideré como potenciales novios. Porque no soy una buena chica.

Soy mala.

Podrida hasta el fondo.

Adrian aparta el pelo de mi cara.

—Muy buena —retumba, con una calidez y aprobación extrañas en su voz que me hace girar la cara para intentar ver la suya.

Me da un beso en la sien.

—Te gusta jugar a ser la chica mala, pero por dentro no eres más que bondad —me dice.

Tomo aire de golpe, entrecortadamente. No sé por qué siento ganas de llorar otra vez. ¿Voy a llorar cada vez que este hombre me haga llegar al orgasmo? Es absurdo.

Totalmente vergonzoso.

Oh Dios, mis ojos ya están húmedos.

Pero Adrian no hace un drama de ello. No se asusta. Simplemente limpia con el pulgar una lágrima del lado de mi nariz.

—Eres una chica fuerte, Kateryna —me dice. Nos hace girar de lado, manteniendo nuestros cuerpos conectados. Encuentra mi clítoris con la yema de su dedo y lo rodea suavemente, arrancándome otro pequeño orgasmo.

Jadeo y contengo la respiración, luego gimo suavemente al soltarla.

—Esta peculiaridad tuya... ¿este fetiche? Es tu fortaleza. Tu flexibilidad es tu fortaleza. No te romperás. Sin importar lo que pase.

Dice las palabras con fiereza, casi como si estuviera deseando que fuera verdad. O programándome para poder manejar un desastre inminente.

Supongo que hay uno.

Porque él planea matar a mi padre.

Ya no dudo que me dejará marchar. Probablemente me está programando ahora para nuestra despedida.

—¿Después de matar a mi padre, me dejarás ir? —tengo que preguntar.

Se queda inmóvil detrás de mí.

—Eres fuerte, Kat —repite—. Estarás bien sin importar lo que pase.

Me quedo en silencio, dando vueltas a sus palabras en mi mente. Había escuchado la despedida en ellas, lo que llamó mi atención inicial, pero ahora estoy pensando realmente en lo que dijo. Que tengo un fetiche.

Que es una fortaleza, no una debilidad.

Mi padre me llevó en avión a través del continente para instalarme en una escuela privada inglesa para chicas. Todo porque uno de sus hombres me pilló dándole una paja a un chico detrás de nuestra casa. Mi padre me había llamado puta. Había gritado, escupido y maldecido. *Ninguna hija mía va a putear así. No se te permitirá volver hasta que hayas demostrado que sabes comportarte.*

Así que había demostrado que sabía comportarme mal.

Había interpretado el papel de chica mala.

¿Y ahora Adrian me está diciendo que por debajo soy realmente buena?

¿Es por eso que duele tanto cuando me llama así?

Adrian sale suavemente y se aleja rodando. Me giro para mirarlo, odiándome por ser tan necesitada. Él se pone de pie al lado de la cama, quitándose el condón, pero se gira como si sintiera mi debilidad.

—¿Estás bien?

Mantengo su mirada y asiento.

—¿Tienes hambre?

Sacudo la cabeza.

—Tengo sueño —digo. Es verdad. Mientras la relajación postorgásmica me envuelve, siento que podría quedarme dormida.

—Yo también. —Adrian se deshace del condón y regresa a la cama. Retira las sábanas y me arropa antes de meterse a mi lado.

La delicia de todo esto me inunda.

—¿Vamos a echarnos una siesta juntos?

Por primera vez, veo que las comisuras de los labios de Adrian se curvan ligeramente.

—*Da*. Ven aquí. —Me coloca de lado, dándole la espalda, metiendo su brazo inferior bajo mi cuello y envolviendo mi cintura con el brazo superior.

—Pórtate bien, Kateryna. Tengo el sueño ligero.

Se supone que es una advertencia, pero por alguna razón, lo único que hace es calentarme el corazón. Quizás sigo celebrando ridículamente el hecho de que estamos abrazados. Estamos echándonos una siesta por la tarde.

Sí, sé que estoy siendo una tonta. Sé que estoy en una situación terrible que va a acabar de forma horrible. Pero también creo que cualquier cosa que acaba de ocurrir entre Adrian y yo, lo que sea que siga ocurriendo o esté ocurriendo ahora, es real. Es verdadero. No está jugando conmigo. Compartimos un momento real, y estamos teniendo otro ahora mismo.

Por primera vez en mi vida, esa sensación de buscar algo que no puedo encontrar, ese vacío que la cerámica empezó a llenar, parece completamente satisfecha.

Encontré mi centro. De alguna manera, volví a estar completa gracias a un sexo degradante y duro, y unos azotes.

Completa porque se reconoció por lo que era. Fue un acuerdo. Un arreglo.

Un fetiche, como lo llamó Adrian.

Supongo que tengo un fetiche. Adrian también lo tiene.

Dice que es la fuente de mi fuerza. Lo que siempre pensé que estaba muy roto dentro de mí podría ser mi mayor fuente de poder.

No estoy segura de cómo funciona eso, pero de alguna manera siento que es verdad.

Acurruco mi trasero en la cuna de sus caderas, curvo mi

espalda para encontrarme con su pecho. El aliento de Adrian sopla cálido sobre mi nuca. Mis ojos se cierran poco a poco.

Por muy loco que suene, siento en mis huesos que este es el lugar donde debo estar. Justo aquí, en los brazos de Adrian Turgenev, donde me siento centrada y fuerte.

CAPÍTULO 6

*L*ucy

—¡Papá! —chilla Benjamin, golpeando con su diminuta mano la puerta cerrada del despacho de Ravil.

—¿Quieres a tu papá? —le pregunto, cogiéndole en brazos, lista para distraerle.

—Puede entrar —llama Ravil desde el despacho. Abro la puerta y dejo a Benjamin en el suelo porque está pataleando y retorciéndose para liberarse. Acaba de aprender a caminar y no se cansa de hacerlo. Se tambalea hacia Ravil en lo que parece un bamboleo de borracho, acelerando, luego ralentizando cuando navega la gravedad para recuperar el equilibrio.

El rostro normalmente impasible de Ravil se transforma en una enorme sonrisa, y abre los brazos.

—Ven aquí, hijo —dice en ruso.

—¡Papá! —Benjamin repite su primera palabra, la que ilumina a su padre como un árbol de Navidad cada vez que la dice.

Mi corazón se hincha al ver a nuestro pequeño hijo llegar

al escritorio donde Ravil le atrapa y le lanza al aire. Pensar que casi me pierdo todo esto. Intenté mantener a nuestro hijo alejado de su padre. No quería que conociera a este hombre porque estaba en la bratva.

Cada vez que pienso en la existencia triste y austera que Benjamin y yo tendríamos ahora si mis planes se hubieran llevado a cabo, me entran ganas de llorar. Estoy segura de que no la habríamos considerado triste o austera porque no habríamos conocido otra cosa. Yo seguiría dejándome la piel en el bufete de mi padre, intentando demostrar mi valía a todos los machirulos de allí. Benjamin tendría alguna niñera que le cuidaría mientras yo trabajaba muchas horas, y habría pensado que eso era suficiente.

Pero tener *suficiente* comparado con tener *todo* es, ciertamente, una existencia sombría.

Solo tuve que ceder en mi postura moral sobre la *mafiya* rusa. Tuve que darme cuenta de que el amor es más fuerte que los prejuicios o que intentar encajar las cosas en ese pulcro paquetito que pensaba que debía ser mi vida.

Ravil lanza a Benjamin en el aire una y otra vez, luego le acurruca para darle un gran abrazo.

—¿Cuánto tiempo más estarás? —pregunto.

—He terminado. —Ravil se levanta, pero se frota la frente, un gesto que delata que algo le preocupa.

Es el líder de la bratva y un macho alfa, así que conseguir que admita que algo le molesta puede ser difícil, pero vale la pena intentarlo.

—¿Qué ocurre?

Ravil deja a nuestro hijo en el suelo, y este se dirige inmediatamente a la estantería y comienza a sacar todos los libros. Los niños pequeños son como diminutos huracanes que arrasan habitaciones y dejan devastación total a su paso.

Le aparto, pero Ravil dice:

—Déjale jugar. No hará daño a nada. —Se frota la frente otra vez. —Adrian no responde a mis llamadas.

Adrian es un miembro más reciente de la célula de Ravil. El joven que nos unió cuando Ravil me contrató para defenderle.

—¿Crees que está en problemas?

—No. Aún no. Está comunicándose con Dima. Creo que me está evitando porque sabe que su plan no tiene sentido.

—Se ha ido por su cuenta.

—Exactamente, y si fracasa, podría desatar una tormenta de mierda sobre todos nosotros. No es que yo tuviera problema en eliminar a Poval personalmente. Simplemente no me gusta que me pillen desprevenido.

—¿Cuál es su plan, lo sabes?

—Más o menos. Si te lo digo, te conviertes en cómplice.

—Secreto profesional —replico. Representé a Adrian la última vez que actuó por su cuenta persiguiendo al mismo hombre. El hombre responsable de traer esclavas sexuales rusas a este país y venderlas en subastas.

—Ha secuestrado a la hija de Poval, que es estudiante universitaria en Inglaterra. La tiene como rehén.

El desánimo me invade.

—Oh, Dios.

—Conoces a Adrian. —Ravil capta y mantiene mi mirada para tranquilizarme. —No le hará daño.

Asiento, respirando hondo para calmar mi corazón acelerado. Deseando no haber preguntado. Esto es horrible. Pero me aferro a las palabras de Ravil, que estoy segura son ciertas: Adrian no le haría daño.

—Es un poco irónico, ¿no? Secuestrar a una mujer para castigar a alguien por secuestrar mujeres —consigo decir.

—Lo sé. Creo que esa era su intención. Quiere que Poval sienta lo mismo que él cuando Nadia desapareció.

—Dios mío. —Ahora *yo* me froto la frente.

—Sí. Por eso he estado intentando contactarle. Antes de que se meta en una situación de la que se arrepienta profundamente.

—Podría ser demasiado tarde para eso.

—Lo sé —dice Ravil con gravedad—. Y el problema es que Poval podría estar enredado con la bratva, con otras células. Así que Adrian podría estar pisando callos en nuestra propia organización. Yo le cubriré las espaldas, pero puede haber complicaciones y consecuencias por esto. Por eso me está cabreando que no responda a mis llamadas.

Benjamin arrastra un libro hasta Ravil y se lo ofrece orgulloso.

—Papá.

—*Spasibo* —La amplia sonrisa de Ravil regresa mientras acepta el regalo.

Me derrito, igual que lo hago cada vez que veo a este hombre con nuestro hijo.

Al captar mi sonrisa enamorada, me acerca y me sienta en su regazo.

—¿Lista para hacer otro? —Me muerde el pecho a través del vestido verde esmeralda de cruce que me puse para trabajar hoy. Ahora tengo mi propio despacho y solo acepto los casos que me interesan, ya que el dinero no es un problema y tampoco la carrera para convertirme en socia de mi antiguo bufete.

—¡No! —Me río.

—¿Cuándo? —exige Ravil.

—¿No es suficiente con uno? —Me estoy haciendo mayor, lo que significa que futuros embarazos podrían ser más difíciles.

—¿Lo es? —pregunta suavemente.

Pienso en cómo Ravil criaría a una hija, y todo en mi interior se derrite de nuevo. Todavía temo que el pasado de Ravil y su presente a veces cuestionable nos pase factura, pero sé que es cuidadoso. Especialmente ahora que tiene familia.

—Dame otros seis meses —digo—. Primero necesito destetar a este.

Ravil arrastra una mano por mi muslo interior, subiendo el dobladillo de mi vestido a medida que avanza.

—Entonces será mejor que empecemos a practicar —murmura.

—¿Como si no lo hubiéramos estado haciendo? —Mi risa es ronca.

Tener un bebé ha sido intenso, pero nuestra vida sexual nunca se ha visto afectada. Tenemos montones de ayuda. Valentina, nuestra niñera y ama de llaves rusa, está disponible todos los días, y también hay muchos tíos y tías adoradores de la bratva en el ático.

—Tenemos que esforzarnos más —insiste Ravil, con la yema de sus dedos rozando la entrepierna de mis bragas.

Giro y me siento a horcajadas sobre su cintura.

—Tienes razón —murmuro contra sus labios—. Cuanta más práctica, mejor.

Adrian

Dormito durante una hora y media, luego me levanto, dejando a Kat dormida mientras aseguro cuidadosamente sus muñecas a la cama sin molestarla.

Cuando reviso mi móvil, veo un mensaje de Ravil: *Llámame.*

No voy a hacerlo. No puedo. Aun así, lamento haber enfadado a mi *pakhan* de esta manera.

Me visto y salgo a la farmacia para comprar algunas cosas, incluyendo algo para cenar.

No había planeado tener invitados en el piso.

De camino de vuelta, devuelvo la llamada que recibí de Feodor, mi contacto local de la bratva.

—Feodor, soy Adrian —le digo en ruso—. ¿Está todo listo?

—*Da.* Recibieron el pago por adelantado. Tu plaza en el carguero está confirmada. Atracó anoche. Mañana, toda la nueva carga será embarcada.

—*Spasibo.* ¿Y la furgoneta y la caja?

—Las dejaré esta noche y dejaré las llaves en el neumático del lado del conductor. Debes estar en el muelle a las diez de la mañana. Te enviaré un mensaje con el número de tu contenedor. Cuando llegues allí, pregunta por Rodion y lleva suficientes libras para que pueda sobornar a los inspectores para que no revisen tu contenedor. Métete dentro, y te cargarán. Una vez que el barco haya zarpado, te avisarán cuando sea seguro salir, y tienen una litera para ti.

—Gracias, de nuevo.

—La bratva cuida de la bratva.

Le doy las gracias y finalizo la llamada, luego entro, donde encuentro a Kat en un estado semihistérico, intentando liberar sus manos. Sin embargo, no está gritando, lo cual era mi mayor temor. Dejé el televisor a todo volumen, pero me preocupaba que intentara alertar a algún vecino.

—Tranquilízate, *dietka.* —Dejo las bolsas en la encimera y voy hacia ella, cortando la brida que mantiene sus muñecas atadas a la cama.

—*Tienes* que quitarme esto —resopla, con los ojos húmedos por lágrimas de rabia.

—Ojalá pudiera confiar en ti, Kateryna, pero no puedo. —Sostengo sus muñecas, odiando lo constreñidas y doloridas que se ven. —Ven aquí. ¿Tienes hambre? He comprado algo para cenar.

La llevo hasta la media cocina para mostrarle la comida que he comprado. Es comida congelada de mala calidad, pero servirá. Compré un helado gourmet para después. Con suerte le gustará.

—¿Cuál quieres?

Rebusca en las bolsas con sus manos atadas y saca la botella de acondicionador que compré. Cuando se gira hacia mí, parece muy seria.

—Has comprado acondicionador para mí.

—*Da.*

—Has comprado... —Traga saliva. —Ha sido muy amable por tu parte.

—No me llames amable. —Se lo arrebato de las manos y lo pongo en la encimera. —No soy ese tipo de persona. —Ella saca la caja de condones que compré, y sus labios se curvan en una sonrisa satisfecha.

Saco las opciones de comida y paso una mano sobre ellas.

—¿Cuál quieres?

Señala la pasta congelada envasada, y arranco la cubierta de plástico para ponerla en el microondas.

—Oh, Häagen-Dazs. —Descubre el helado e inspecciona el envase. —Chocolate, mi favorito.

Gruño, pero por dentro estoy aliviado de haber elegido algo que le gusta.

—¿Puedo ducharme otra vez? —pregunta—. Quiero decir, ¿esta noche? ¿Con el acondicionador? De lo contrario, mi pelo se enredará tanto que tendré que cortarlo.

Estoy bastante seguro de que me está tomando el pelo, pero ¿qué sé yo? Nunca he tenido el pelo largo.

—Espera hasta la mañana —le digo—. Ya he tenido suficiente forcejeo contigo en la ducha por hoy.

—Sí... lo entiendo. —Se queda dócilmente de pie en la cocina llevando mi camisa. Hay algo tan de muñeca y perfecto en ella. Esos grandes ojos azules. Los labios perfectos como un lazo. La forma en que presiona y cede y vuelve a presionar. Tengo esta extraña fantasía sobre quedarme con ella.

Preguntándome cómo sería tenerla en la cocina de mi apartamento, convenciéndome de algo que ella quería. Es el tipo de chica que podría enredarte alrededor de su dedo y hacerte mover montañas solo para verla sonreír. Pero lo haría todo con esa cualidad de entrega. No es una rompepelotas. Te dejaría llevar la voz cantante, pero ofrecería un montón de réplicas coloridas. Enfados y pucheros y adorables rabietas.

Si fuera mi chica, probablemente le daría cualquier cosa que pidiera. Una cena con bistec. Un anillo de diamantes. La cabeza de alguien en bandeja.

Por supuesto, ese barco de la fantasía nunca zarpará. Para empezar, Nadia vive en mi apartamento.

Nadia, mi hermana rota y arruinada. La razón por la que estoy aquí en primer lugar.

La razón por la que nunca, jamás habrá un futuro con Kateryna Poval y yo en la misma imagen.

—¿Dónde aprendiste inglés? —pregunta Kat mientras saco la comida del microondas.

—En América.

—Ah, ¿sí? ¿Dónde? —Me observa atentamente. Sé que está intentando atar cabos.

No debería contarle nada. Definitivamente lo sé bien. Pero ya le di mi nombre. Quiero que su padre lo sepa antes de morir a mis manos.

—Chicago.

—¿De verdad? Mi padre vivió allí unos años. —Lo dice inocentemente, apoyando una cadera esbelta contra el frigorífico, pero sé que está tanteando.

—*Da*. Vivió allí hasta que incendié su fábrica y fui a por él en su propia casa. Entonces huyó.

Sus labios se entreabren, con los ojos muy abiertos y alerta.

Maldición. No debería haberle dicho tanto. No necesito hacer esto peor para ella de lo que ya será.

—Lo siento —digo—. No necesitabas saber eso.

Ella tiembla, pero levanta la barbilla.

—Dudo que huyera de ti. Mi padre no huye de ningún hombre. Es mucho más despiadado que tú, créeme. —Suena ligeramente amargada, en lugar de orgullosa, y algo se remueve en mi pecho. Una incómoda sensación de que quizás no sea la princesa del crimen que yo suponía. No es mimada como Sasha, la novia de Maxim, que era la hija del *pakhan* de Moscú. Tal vez ella también haya sufrido a manos de su padre.

—¿Te hizo daño? —pregunto, con la tensión recorriéndome como un arma mortal.

Capto esa vulnerabilidad que me hace querer matar dragones por ella. Traga saliva y luego niega con la cabeza.

—Es un hombre cruel. No abusó de mí físicamente, pero nunca me ha mostrado amor. Parece que le decepciono y le doy asco.

—Entonces es un necio.

Vuelvo a odiar al hombre. Por una nueva razón ahora. Porque Kateryna nunca debería haber sido rechazada o menospreciada. Es una joven brillante como una joya, inteligente, divertida y llena de vida.

El microondas pita y me giro para abrirlo y sacar su comida humeante. Cojo un tenedor para removerla.

—Tienes razón —admito—. No huyó de mí. Se marchó porque el FBI estaba cerrando el cerco sobre su operación. Supongo que estropeé su investigación con mi incendio, algo que lamento.

De nuevo, le estoy contando demasiado. No es propio de mí compartir tanto. Ni mis sentimientos, ni mis planes, ni detalles sobre mi vida. Si las cosas se joden, tendrá toda la información que necesita para ir contra la Bratva de Chicago. Pero algo en Kat me hace querer ponerlo todo a sus pies. Ofrecerle estas piezas para compensar lo que le estoy haciendo. Cómo la estoy involucrando. Lo que significará.

Levanto el recipiente de comida.

—¿Quieres sentarte?

Ella niega con la cabeza.

—Se siente bien estar de pie. He estado en esa cama todo el día.

No me disculpo. ¿De qué serviría, de todos modos? En cambio, me encojo de hombros y también me quedo de pie. Recojo un bocado de pasta con salsa blanca en el tenedor y soplo sobre él, llevándomelo a los labios para asegurarme de que no está demasiado caliente antes de ofrecérselo.

Ella me deja alimentarla, con la mirada fija en mi rostro. Mi polla se endurece cuando esos bonitos labios se cierran alrededor del tenedor. No puedo decir si está intentando ser seductora o simplemente no puede evitarlo. No es solo que ver su boca me recuerde lo increíbles que se veían esos labios rodeando mi verga. Hay algo excitante en alimentarla. Saber que no puede comer excepto por mi mano. Mi dulce mascota cautiva, cautivándome con esos brillantes ojos azules y su sumisión.

Quizás soy tan morboso como ella.

Sí, definitivamente lo soy. Porque ahora que he probado el sabor de ser dominante, es difícil imaginar que el sexo vuelva a ser satisfactorio sin esta dinámica.

¿O es que es difícil imaginar el sexo con otra mujer ahora? Como si Kat hubiera roto el molde de las compañeras sexuales para mí.

—Sé lo que eres —dice entre bocados.

No respondo.

—*Mafiya* rusa.

Le ofrezco otro bocado, todavía excitado por este simple acto.

—Tengo razón, ¿verdad? —Algo de su animación ha regresado. El lado intérprete de Kat. Ahora estoy viendo destellos de la chica que bailaba en las cajas para llamar la atención.

—*Da*. La bratva.

—¿Qué significa eso? ¿*Hermandad*?

—*Da*.

—¿Y estos tatuajes son para eso? ¿Simbolizan tus crímenes?

—Crímenes y la organización. El nombre de nuestra célula.

—¿Cuál es su nombre?

No debería decírselo, pero por alguna razón, las palabras simplemente salen.

—Bratva de Chicago.

Ella hace un sonido despectivo.

—Eso no es realmente un nombre. Es una descripción geográfica.

—Mi *pakhan* no tiene sentido para lo dramático. Mantiene las cosas simples.

—¿Qué es *pakhan*? ¿El líder?

—*Da*.

Mastica lentamente, moviéndose sobre sus pies descalzos. Tengo que distraerme cada vez que miro sus piernas. Saber que está desnuda bajo el borde de mi camiseta, recordando cómo se sentía estar íntimamente familiarizado con esa dulcísima parte de su carne, envía una nueva patada de lujuria directamente a mi verga.

Además, no tengo un fetiche con los pies, pero si lo tuviera, los suyos serían dignos de correrse. Son delicados y bonitos, con las uñas perfectamente pintadas en rosa Barbie.

—¿Te envió él aquí? ¿Para capturarme?

—No. —Limpio con el pulgar una gota de salsa de pasta de su labio y la lamo. Su mirada sigue mis movimientos, y quiero hundir mi pulgar en su boca y ver lo fuerte que lo chupa.

—¿Así que esto no es asunto de la bratva?

Niego con la cabeza.

—Esto es personal. ¿Por tu hermana?

—Así es.

—Espera, espera, espera. —Levanta sus dos manos atadas. —Pensé que los miembros de la bratva rusa tenían que cortar todos los lazos con su familia.

—Eso es cierto. Se suponía que eso debía pasar. Pero mi *pakhan* no hace cumplir esa regla. Las cosas son diferentes en América, lejos de las costumbres del viejo país.

De nuevo, estoy compartiendo demasiado. Necesito callarme. Dejar de interactuar con ella. Estoy perdiendo mi ventaja de muchas maneras. Pero la perdí en el momento en que decidí agarrarla en la fiesta en lugar de ceñirme a mi plan original.

Al menos para mañana, estaremos en el barco.

—Vives en Chicago. —Lo dice como una reflexión, no como una pregunta. —¿Desde hace cuánto?

—Suficientes preguntas, *dietka*. —Le doy otro bocado.

—Quiero ir a América. Todo el tiempo que mi padre estuvo allí, le supliqué que me dejara visitarlo, pero nunca lo hizo.

—Te estaba protegiendo. —No me gusta defender a su padre, pero ella parece dolida por ello. —Su operación en América era desagradable. Nada con lo que quisiera que su niña pequeña tuviera contacto.

Saca la lengua para lamer un poco de salsa de sus labios, y eso me hace querer besarla hasta dejarla sin aliento. Es extraño pensar que he estado entre sus piernas, *dos veces*, pero aún no he besado esa bonita boca. Pero eso es porque no estamos en una cita. Ni siquiera somos amantes, aunque hayamos tenido sexo. Somos captor y prisionera que han compartido algunos momentos íntimos.

—No. Simplemente no le caigo bien.

—Eso no puede ser cierto —le digo, aunque el hecho de que lo haya dicho crea una inestabilidad en mi mundo. No porque me preocupe que Poval no responda a mi mensaje sobre ella. Sé que lo hará. Pero me molesta que ella lo crea—. Pagó una fortuna para que fueras a ese colegio privado. No me puedes decir que alguna vez te faltó algo. Te ha mantenido protegida y a salvo. Se preocupa por ti, esa es su manera de demostrarlo.

Joder, ahora estoy defendiéndole de verdad. Definitivamente no es una postura que quiera adoptar.

—Me envió aquí como castigo. —Niega con la cabeza cuando le ofrezco otro bocado. —Ya terminé, gracias.

Me está agradeciendo por darle de comer porque he inmovilizado sus manos. Es tan dulce, maldita sea. Me llevo el resto de la pasta a la boca en unas cuantas cucharadas grandes.

—¿Por qué fue el castigo? —pregunto con la boca llena.

Me mira con un desafío en la mirada como si quisiera ver cómo reaccionaré.

—Por masturbar a un chico cuando tenía trece años.

Quizás pensó que me sorprendería. No es así. Es totalmente acorde a su personalidad, y no tengo ningún juicio sobre su hipersexualidad ahora que estoy acostumbrado a ella. Solo quiero partir la garganta a cualquier cabrón que se aproveche de ella. Merece ser tratada como una maldita princesa, pero me temo que está atrayendo a lo contrario.

Dejo que mis labios se curven ligeramente.

—Por supuesto que lo hiciste.

Me devuelve la sonrisa, con una timidez poco característica apoderándose de ella.

—Bueno, tu padre es un capullo, así que considéralo un regalo que te privara de su desagradable presencia. —Levanto la barbilla hacia la cama. —Vuelve a la cama, *dietka*.

—No. Estoy harta de esa cama.

—Lo siento, *printsessa*. Si tengo que llevarte yo mismo, volveremos a la posición en equis.

Me saca la lengua antes de escabullirse y hacer lo que le digo.

—Buena chica. —Caliento otra cena congelada para mí y me la como, sin quitarle ojo.

Se levanta de la cama para coger el mando a distancia y empieza a pasar por los canales de la televisión.

Accedo al ordenador para comprobar los mensajes de Dima y encuentro sus instrucciones completas sobre cómo enviar mensajes desde mi portátil desde el barco al teléfono de Leon Poval, para que parezca que vienen del teléfono de Kat, pero sean imposibles de rastrear.

Gracias a Dios por Dima.

Kat se levanta y camina hacia donde está su bolso tirado en el suelo.

—Tu teléfono ya no está —le digo—. Lo destruí.

—No quiero mi teléfono. Necesito mi brillo de labios. Y mis gomitas.

La sigo porque está cerca de la puerta, y no confío en ella.

—También cogí las gomitas —le digo—. Te daré algunas mañana.

Entrecierra los ojos.

—¿Qué va a pasar mañana? —Chica lista.

—Sin preguntas, *dietka*.

Se sacude el pelo y va al baño. La sigo para asegurarme de que no coja algo para cortar las bridas. La observo mientras hace pis y lucha con el papel higiénico, pero no la ayudo.

Hace un desastre intentando lavarse las manos. Si no fuera tan cabrón, la ayudaría. Definitivamente no me quedaría solo mirando porque me resulta entretenida. Por supuesto, ella sabe que es mona. Se pone de puntillas y se inclina sobre el lavabo, doblándose por la cintura. Mi camiseta se le sube por detrás, y tengo una vista completa de ese pequeño trasero respingón, que mueve de lado a lado mientras intenta averiguar cómo abrir y cerrar el agua. Incluso levanta una rodilla en un momento, asegurándose de que vea un destello completo de esa suave carne rosada entre sus piernas.

Cuando termina, me sacude el agua encima.

—Estoy aburrida.

~

KAT

Adrian me mira con el ceño fruncido, pero puedo ver el bulto en sus pantalones. Le gustó el pequeño espectáculo que monté para él.

Bajo mis muñecas atadas para frotar con el dorso de mis pulgares a lo largo del bulto.

—Si solo estamos matando el tiempo, ¿quizás podríamos hacerlo juntos? —ronroneo.

Agarra mis muñecas y las levanta, sosteniéndolas entre nosotros.

—Desearía poder confiar en ti, Kateryna.

—Bueno, no puedes, pero eso no significa que no podamos divertirnos.

Eso le afecta. Sus ojos se oscurecen, y su miembro se endurece aún más detrás de su cremallera. No soy solo una universitaria obsesionada con el sexo. Solo estoy luchando con el arma que mejor sé usar: mi cuerpo.

Dicho esto, tener sexo con Adrian Turgenev no es ningún sacrificio. Es atractivo y rudo, pero también considerado en la cama. Incluso generoso.

—Vamos. —Engancho uno de mis dedos en la trabilla de su cinturón y lo arrastro hacia la cama. Cuando llegamos, logro desabrocharle el botón con los pulgares antes de que él tome el control y se baje la cremallera. Me dejo caer de rodillas para mostrarle lo que quiero.

Me aparta el pelo de la cara y se sienta en el borde de la cama, liberando su erección de los bóxers.

Me entrego completamente a la felación. Como si mi vida dependiera de ella, lo cual es posible.

Aunque, lo más probable es que la vida de Adrian dependa de ello.

Es decir, cuanto más pienso en esta situación, más me doy cuenta de lo probable que es que termine con Adrian o mi padre muertos.

Lo más probable es que sea Adrian.

Él es solo un hombre. Mi padre tiene cientos de hombres que trabajan para él y millones de dólares para pagar por más. Además, mi padre es despiadado. Le he visto matar a un hombre con sus propias manos. Sé que no hay posibilidad de que mi padre se presente solo a alguna reunión para conseguirme. Va a estar preparado para matar a Adrian y a cualquiera que esté con él.

Así que incluso si confiara completamente en Adrian y creyera que no me hará daño, lo cual estoy segura en un ochenta por ciento, tengo que escapar. Tengo que desviar su plan. O convencerlo de que desista. Algo. Tengo que evitar que ocurra este desastre.

Así que clavo mis ojos en las duras líneas de su hermoso rostro y lo tomo tan profundamente en mi garganta como puedo, un poco más cada vez. Me esfuerzo en relajar mi reflejo nauseoso para tomarlo más profundo.

Al principio, su expresión permanece velada. Incluso pétrea. Pero a medida que empieza a perder el control, veo aparecer al verdadero Adrian. Me acaricia la mejilla con el pulgar, acuna mi rostro.

—Eso está bien, *malyshka* —murmura—. Muy bien.

Envuelvo mis labios sobre mis dientes y subo y bajo sobre la cabeza de su polla durante un rato, haciéndolo estremecerse, pero cambio el ritmo y lo tomo profundamente de nuevo. Con mis manos atadas, uso los talones de mis pulgares para masajear sus testículos y luego trabajo aún más atrás, donde supuestamente se encuentra la glándula prostática.

—Buena chica. Muy bien.

Ahí están esas palabras otra vez. Las que me excitan y humedecen. Aunque no es que no estuviera ya increíblemente excitada por darle placer. Mis pezones presionan contra su suave camiseta estilo Henley, y muevo mis caderas, intentando obtener alivio.

Él hunde una mano en el cuello abierto del Henley y juguetea con mi pezón. Su tacto es persuasivo al principio. Una suave caricia que se vuelve más brusca cuanto más cerca está de correrse. Acuna la parte posterior de mi cabeza y me empuja hacia dentro y hacia fuera, forzando mi cabeza hacia abajo y hacia arriba.

Me encanta. Si no confiara en él, me asustaría. La pérdida de control. Ahogarme con su polla cuando va demasiado profundo. Hay algo excitante en ello. Yo de rodillas con las manos atadas. Él, obligándome a esto.

Sé que realmente no me está obligando, pero estamos caminando por el filo.

—Kat... voy a correrme —me advierte. Suelta mi cabeza, supongo que dándome la opción de apartarme.

No me detengo. Chupo con fuerza, aunque me duele la mandíbula de mantenerla abierta tanto tiempo.

Él grita algo en ruso y se corre en mi garganta, y yo trago su esencia salada. Quema un poco, pero me encanta el sabor.

Me encanta saber que lo hice correrse. Me encanta la forma en que me tocó mientras lo hacía.

—*Blyad'*, Kat.

Lo limpio chupándolo, y él me acaricia el rostro.

—Buena chica.

Me siento sobre mis talones y lo miro.

—¿Siempre dices eso después de una mamada?

—¿Qué?

—¿Las llamas *buena chica*?

Niega con la cabeza.

—*Nyet*. Nunca. Solo a ti.

—¿Porque sabes que me gusta?

Se encoge de hombros.

Espero que diga algo más, pero eso es todo lo que ofrece.

—Ven aquí. —Se levanta y me ayuda a ponerme de pie.

—¿Ir a dónde?

En lugar de responder, me lleva hacia la zona de la cocina, donde agarra el acondicionador que compró.

—Ay, ¿puedo ducharme?

—Te lavaré yo —dice con aspereza.

Mi sexo se contrae y mis pezones hormiguean. ¿Ha dicho que... *él me lavará*?

Eso es tan... *excitante*. Dulce. Definitivamente excitante.

Le dejo guiarme hasta el baño donde corta la brida de mis muñecas y me quita su camisa.

—Adelante. —Levanta la barbilla hacia la ducha.

Abro el agua y espero hasta que se calienta mientras él se quita la ropa. Entra en el agua, y yo me acerco a él, ansiosa por tocarlo. Feliz de tener mis muñecas libres. Paso mis palmas por su pecho musculoso, haciendo un sonido de aprobación mientras lo toco.

Él agarra mis muñecas y las examina, acariciando mis pulsos con sus pulgares, llevando una a sus labios para besar los moretones.

—*Mne zhal'*.

Es lo suficientemente parecido al ucraniano *meni shkoda* como para que reconozca su disculpa.

—Déjame ir —le murmuro, mis dedos trazando el tatuaje en su bíceps.

Su expresión se cierra, aunque no es que estuviera abierta para empezar.

—*Mne zhal'* —repite.

—Mi padre te matará —susurro—. ¿Cómo crees que se sentirá tu hermana entonces?

Su expresión se vuelve completamente pétrea, y si tuviera que nombrar la piedra, sería obsidiana. Obsidiana negra.

—Puede que me mate —admite—. Pero me lo llevaré conmigo.

Lágrimas calientes arden en mis ojos.

—Adrian, ¿no sería mejor que ambos simplemente vivierais? —Alzo la voz frustrada.

—*Nyet*. No por todas las chicas... —Se interrumpe.

—¿Qué? —susurro, sabiendo que no querré escuchar lo que me está ocultando. ¿Me está protegiendo? ¿O a sí mismo? —¿Qué chicas?

Niega con la cabeza y me toma de los hombros, empujándome hacia atrás bajo el chorro de agua.

—Echa la cabeza hacia atrás.

Obedezco. Sé que no voy a conseguir nada más con él. Tiene alguna idea obstinada sobre la venganza de la que cree que no se le puede disuadir.

Pero seguiré intentándolo. Insistiré con lo de su hermana. ¿Qué mujer querría que su hermano muriera para vengarla? No puedo creer que ella quisiera eso.

Entonces olvido todos los argumentos silenciosos que estoy componiendo en mi cabeza porque Adrian se mueve para colocarse detrás de mí, empujándome hacia delante, fuera del chorro de agua. Después de echar champú en mi pelo, comienza un lento y sensual masaje en mi cuero cabelludo.

Cierro los ojos y gimo suavemente.

Se siente tan bien. No es tan excitante como esperaba. Más tierno. Reconfortante. Es una disculpa, creo. Adrian lamenta tener que involucrarme. O cree que tiene que involucrarme.

Nadie me ha cuidado así en años. Tal vez no desde que mi madre se fue. Mi padre usa su dinero para mantenerme, pero no es lo mismo. No es amor. No es amabilidad. No es esto.

Él envuelve un fuerte brazo alrededor de mi cintura y me mueve suavemente hacia atrás, bajo el chorro de agua otra vez, y pasa sus dedos por mi pelo para enjuagarlo.

Luego salimos del chorro, y aplica el acondicionador.

—Más —murmuro porque no es suficiente. Añade más. Mi pelo es un desastre enmarañado, así que le ayudo a extenderlo hasta las puntas—. Espera —le digo cuando intenta moverme bajo el agua otra vez—. Tarda unos minutos.

Gruñe y coge una pastilla de jabón, que hace girar entre sus palmas. El lento enjabonado que me da comienza en mis hombros y baja hasta cada punta de mis dedos. Luego por mi espalda. Sube por mi vientre hasta limpiar mis pechos. Se arrodilla sobre las baldosas para lavarme las piernas hasta los dedos de los pies, luego se levanta y le dedica gran atención a mi trasero. Alrededor de mis nalgas. Entre ellas. Bajando entre mis piernas. Se coloca detrás de mí y acaricia mis partes íntimas mientras su otra mano amasa mi pecho.

—Vale —susurro, no porque quiera que pare, sino porque el agua está empezando a enfriarse.

Me coloco bajo la ducha y me enjuago, y él se une a mí, acariciando mi largo cabello, deslizando sus palmas sobre mi piel mojada.

Cuando el agua se vuelve fría, la cierra, y yo me giro para mirarlo.

—Crees que soy guapa —digo cuando sus párpados caen, mirándome. Estoy buscando un cumplido o la confirmación de lo que creo que es verdad. Siendo necesitada, como siempre.

—Por supuesto que eres hermosa. —Acuna la parte trasera de mi cabeza y me atrae contra él, levantando mi rostro hacia el suyo. Sus labios flotan sobre los míos, suaves y sensuales, un contraste con las líneas angulosas de su cara. —La belleza no es tu poder. No es este cuerpecito ardiente.

Quiero que pare. No me gusta. Quería escuchar lo que yo quería oír. Esto no lo era.

Toca mi corazón.

—Este es tu poder. —Entonces me besa.

Es nuestro primer beso, y es abrasador. Enlazo mis brazos alrededor de su cuello, levantándome de puntillas para profundizarlo.

Agarra mi trasero con su mano libre, atrayéndome aún más fuerte mientras su lengua se desliza entre mis labios.

Estoy frenética en este beso, ansiándolo como si necesitara mi próximo aliento. Enredo mi lengua con la suya, cambio de ángulo, me lanzo contra él.

¿A qué se refería con mi poder? ¿Mi corazón? ¿Mi esencia?

Estoy confundida por ello, pero no me importa. Quizás pensé que habría una crítica que me dolería. Como cuando Delaney me pregunta si hay algún significado en mi vida más allá del sexo. Pero ella *sí* me ha ayudado a buscar satisfacción en otros lugares como la cerámica.

—¿Parece que necesito que me salven? —Me aparto y pregunto. Estoy sin aliento por el beso, pero tengo que saberlo. ¿Me ve como débil? ¿Rota?

—¿Lo parezco yo? —me pregunta a su vez.

Le miro parpadeando, llevando mis dedos a su hermoso rostro.

Sí. No lo digo en voz alta. Sí, necesita que lo salven de mi padre. De sí mismo. Y voy a hacerlo.

Seré su salvadora.

Él puede ser el mío.

Porque por mucho que odie admitirlo... Por mucho que Delaney haya intentado hacerme ver que no necesito un salvador o alguien que me cuide o me dé órdenes, eso es exactamente lo que quiero.

Quiero un hombre que me ate y me alimente como a su mascota. Que tanto me lave el pelo como que tire de él. Que seque mis lágrimas incluso cuando él sea el que me hace llorar.

Quizás estoy trastornada, pero es mi fetiche. Adrian encaja en el molde tan perfectamente que duele.

Por supuesto, me gusta el dolor.

—Estoy lista —le murmuro.

Frunce el ceño.

—¿Lista para qué?

—Lista para que me hagas cosas depravadas.

Sus labios se curvan, y pellizca uno de mis pezones entre su pulgar e índice. Baja la mirada hacia su polla, que está dura y rígida entre nosotros.

—Bien. Yo también estoy listo.

CAPÍTULO 7

Nadia

Intento calmar mi respiración mientras nos acercamos a Rue's Lounge, el pub donde tocan Flynn y la banda de Story los jueves por la noche.

Las multitudes no son lo mío. Evito ir a lugares donde alguien pueda tocarme accidentalmente. Lo peor, sin embargo, son las multitudes nocturnas en lugares donde la gente está bebiendo. Porque las posibilidades de que te toquen se disparan.

Pero vine con Maykl, el portero del Kremlin. Él me protegerá de atenciones no deseadas. Parece tan feroz como Oleg, el novio mudo y gigante de Story con músculos abultados y tatuajes toscos cubriendo sus brazos.

Sé que Adrian le encargó que me vigilara mientras él está fuera, y ha hecho un buen trabajo. También sé que Adrian probablemente le amenazó con cortarle las pelotas si me tocaba. Ni siquiera me mira a los ojos.

Honestamente, aunque me siento segura con él, también es incómodo.

Pero, bueno, me siento incómoda con la mayoría de las

personas, así que eso no es inusual. Incluso Adrian puede empeorar las cosas para mí.

Es como si se aferrara a mi trauma con más fuerza que yo misma. Quiero dejarlo ir, pero parece difícil cuando él no lo hace.

Demonios, sé que ahora mismo está en algún lugar intentando cazar al hombre que cree responsable de mis cuatro meses de puro infierno. Como si matar a un hombre eliminaría el mal del mundo. Como si fuera solo un hombre el que me torturó. Un hombre el que me tocó contra mi voluntad.

Fueron muchos de ellos.

Pero Adrian no podría perseguir a cada uno de ellos, así que fue tras el líder. Un tipo que probablemente ni siquiera sabe de mi existencia. Es una tontería, realmente. Probablemente peligroso.

Entramos, y trato de evitar que mi mirada vaya directamente al escenario. En vez de eso, busco las mesas cerca del frente del escenario donde sé que Oleg se habrá instalado con antelación, con su voluminosa presencia señalando a todos su reclamo sobre la cantante principal de The Storytellers. Nuestros otros vecinos del edificio se reunirán allí con él.

Los encuentro de inmediato: Nikolai y su novia, Chelle, están sentados con Oleg junto con Sasha y Maxim. Los hermanos de la bratva de Adrian y sus mujeres.

Tengo suerte de que encontrara una comunidad tan unida. Que me acogieran a pesar de mis fobias y desconfianza. Aun así, no siento que sean mis amigos. Como Adrian, me ven con lástima. Recuerdan mis primeros meses en el Kremlin cuando gritaba y me aferraba a la barra del ascensor cuando Adrian intentaba sacarme del edificio. Son cuidadosos conmigo. Comprensivos. Empáticos.

Asfixiantes.

Finalmente, me permito mirar hacia el escenario. La

música aún no ha comenzado, pero los miembros de la banda están preparándose.

El micrófono cruje y hace ruidos cuando el hermano de Story, Flynn, lo enciende y lo golpea contra sus labios.

—Nadia está en la *casa* —anuncia.

Las pequeñas alas adheridas a mi corazón comienzan a batir y agitarse.

Flynn lleva puesto un gorro tejido azul claro y una camiseta vintage de Dead Kennedys. Sé que es *vintage* porque le oí contándoselo a una fanática la última vez que la llevaba. Pertenecía a su padre, que fue un músico local popular en los ochenta.

Le envío una sonrisa tímida y saludo con la mano, lo que hace que las *groupies* que también han llegado temprano se giren y me miren con odio total.

Flynn es la única persona que no asume que soy frágil. Que me hace olvidar lo pequeña y frágil que se ha vuelto mi vida. También quien me hace recordar.

Él es la razón por la que logré salir del edificio. Adrian había estado tratando durante meses y meses de convencerme para que saliera del apartamento y del edificio.

Había salido del apartamento solo para limpiar el edificio porque el *pakhan* de Adrian me había ofrecido un trabajo, y yo quería contribuir. Me topé con el hermoso y despreocupado Flynn saliendo del ensayo de su banda. Él es todo lo que yo no soy: despreocupado. Feliz. Seguro de sí mismo de una manera jovial y fácil. Me invitó a venir a escuchar tocar a la banda, y me encontré, imposiblemente, aceptando la invitación. De repente dispuesta a trabajar y mejorar mi inglés. Me tomó varias semanas más e intentos abortados llegar realmente al espectáculo, pero finalmente lo hice. Ahora me recompensan cada vez con el aparente deleite del chico dorado al verme.

Él no sabe quién soy ni lo que me pasó.

Piensa que soy una chica normal que emigró de Rusia. Y honestamente, ese es el mayor regalo. Casi no quiero conocerlo mejor porque una vez que descubra mi historia, se comportará igual que todos los demás.

Solo por ahora, me gusta tener una persona que me haga sentir normal.

Maykl y yo tomamos dos asientos en la mesa de Oleg. Asiento con la cabeza y sonrío tímidamente a todos, evitando el contacto visual y hablar realmente.

—¡Nadia, has salido! —exclama Sasha, abriendo los brazos. Siempre es exuberante y grandiosa, lo que me hace sentir aún más pequeña.

—Así es.

Nikolai se inclina hacia adelante.

—¿Alguna noticia de Adrian? —Mantiene su expresión casual, pero siento la tensión detrás de ella. Todos han estado preguntando por Adrian. Están preocupados, creo, pero no quieren que yo lo sepa.

—Hablé con él esta mañana. Está bien.

—¿Le hiciste saber que Ravil...

—*Da*. —Asiento con la cabeza. —Se lo dije. Dijo que llamaría.

Nikolai frunce el ceño.

—¿Está en problemas?

El ceño desaparece.

—¿Adrian? —Se burla—. No. Sabe cuidarse solo. Estará bien.

—¿Me estás mintiendo? —Ser mentalmente inestable tiene ventajas. Una de ellas es ser excesivamente directa cuando quiero serlo.

La mirada de Chelle, la novia de Nikolai, se dirige rápidamente al rostro de Nikolai para escuchar su respuesta.

Duda, y mi corazón comienza a latir con fuerza.

Maxim responde por él.

—Se le conoce por tomar decisiones precipitadas en ciertas situaciones. Solo queremos asegurarnos de que tenga la oportunidad de hablar sobre sus planes conmigo, con Ravil o con alguien con cabeza fría que pueda ayudar a evaluar el riesgo.

Lucho por tragar y asiento.

Decisiones precipitadas.

Riesgo.

La sangre empieza a latir en mis sienes, y me siento un poco mareada. Adrian está en problemas.

Dios mío, ¿qué pasaría si le ocurre algo por mi culpa? No podría seguir adelante.

Sasha le da un codazo a Maxim.

—La has preocupado —le acusa. A mí me dice—: La bratva le cubre las espaldas. Nada saldrá mal.

Pero estoy temblando. Sintiéndome un poco mareada.

Probablemente debería irme.

Alguien toca mi hombro y doy un respingo, lista para gritar hasta que escucho mi nombre en sus labios otra vez.

—Nadia.

Flynn está de pie detrás de mí, con una sonrisa de hoyuelos en su rostro. Hay dos fans detrás de él, buscando su atención, pero él solo está concentrado en mí.

Tomo una respiración profunda. Todavía me siento mareada, pero ahora por una razón diferente.

—Flynn.

Se inclina y junta su mejilla con la mía para un beso de lado. De esos donde tus labios besan el aire, pero vuestras caras se tocan.

—Me alegro de que hayas salido.

Por un instante, el suelo tiembla bajo mis pies. Sabe que tengo agorafobia. Pero entonces me doy cuenta de que solo se refiere a *salir al concierto*. No a *salir del edificio*.

—Por supuesto —digo como si tuviera una vida social activa—. Me encanta escucharte tocar.

—Hola, Flynn —interrumpe una de las fans.

Él la ignora.

—Oye, hay una fiesta después, ¿quieres venir?

—No —gruñe Maykl a mi lado, y quiero matarlo, aunque sé que nunca podría soportar una fiesta después del concierto.

Flynn arquea las cejas y mira hacia Maykl.

—Lo siento, ¿estáis juntos? —Levanta las palmas. —No pretendía...

—No —digo rápidamente—. Solo es quien me trae en coche.

—Bueno, yo puedo llevarte a la fiesta.

—Nadie la va a llevar a ninguna parte —gruñe Maykl.

—Tranquilo, músculos. Es una forma de hablar. —Aunque Flynn es delgado comparado con la corpulencia de Maykl, grácil donde Maykl es brusco y duro, de repente creo que Flynn no retrocedería si llegara a una pelea por mí. La mirada afilada de irritación que le lanza a Maykl lleva más agresividad de la que le he visto antes.

—Tranquilos, chicos —dice Maxim con suavidad, manteniendo su postura relajada. A Maykl le dice—: Nadia está bien.

Primera vez que alguien dice eso en mucho tiempo.

Es refrescante. Incluso empodera. Echo mi trenza sobre el hombro y le dirijo a Flynn una sonrisa genuina.

—Esta noche no puedo, pero ¿me lo vuelves a preguntar otro día?

—Sí. Claro. —Mantiene mi mirada un momento con esa sonrisa suya de pirata, y todo dentro de mí se vuelve cálido y blando.

—Flynn, ¿dónde es la fiesta? —La chica pesada detrás de

él lo intenta de nuevo. Quiero decirle que se largue, pero incluso si lo hiciera, habría cinco más detrás de ella.

Por eso, aunque aprendiera a controlar la agorafobia, nunca podría hacerme ilusiones con Flynn.

Es un mujeriego total. Un jugador. Y cuanto más populares se vuelven The Storytellers, más *groupies* tiene lanzándole las bragas al escenario.

Es la definición de corazón roto.

Me aprieta el hombro y me guiña un ojo antes de volverse para atender a su harén, y escondo mi sonrojo agachándome para rebuscar el móvil en mi bolso.

Está bien. Flynn es una fantasía, y ese es el reino donde debe quedarse. Acercarse más de lo que estamos lo arruinaría.

Ahora mismo, necesito todo el escapismo que pueda conseguir.

~

Adrian

Le doy otra gominola a Kat y le pongo las bragas. Acabo de hacerla llegar al orgasmo dos veces: una con mi lengua, otra con mi polla. Está completamente extasiada, pero yo estoy con el estómago revuelto.

No puedo creer que esté haciendo lo mismo que aquellos *mudaks* en la fiesta le hicieron a ella. La misma mierda sórdida que le pasó a Nadia. Pero era la mejor manera que se me ocurrió para mantenerla callada mientras la subo al barco.

Tengo un plan. Es bastante frágil, pero es el único que mi conciencia puede aceptar. Aquel en el que de alguna manera la hago medianamente dispuesta. Y tristemente, darle las gominolas de CBD etiquetadas para la ansiedad es parte de ese plan.

También el sexo.

Me muevo rápidamente, vistiendo a Kat de nuevo con su minifalda, sujetador y una de mis camisetas. Está flácida y dócil como una muñeca de trapo. Sus manos siguen libres; la dejé dormir sin las bridas, pero eso está a punto de cambiar.

—Vale, *malyshka*. Es hora de moverse. Necesito ponerte las bridas otra vez, solo por un rato.

—No —protesta, pero no hay fuerza detrás de esas palabras. Está completamente floja y enfurruñada. Tomo sus muñecas y las beso antes de girarla de lado y sujetar sus manos detrás de su espalda. Esta es la parte más peligrosa de mi plan. La parte donde muchas cosas podrían salir mal. No puedo dejar que haga ningún ruido o que se libere.

Ajusto otra brida alrededor de sus tobillos, y ella jadea con indignación exagerada.

—¿Qué estás haciendo, Adrian?

—Te estoy moviendo —explico de nuevo—. Si te portas bien, puedo cortarlas cuando lleguemos a nuestro destino.

—No me portaré bien —amenaza.

Una oleada de cariño surge, y cuando se mezcla con mi culpa, me siento tentado a abortar toda la misión. Pero no. No puedo. Estoy tan cerca ahora. Además, ella sabe todo sobre mí. Estúpida e idiotamente le di cada detalle, para que su padre pudiera venir por mí y por la Bratva de Chicago. No hay vuelta atrás. No hasta que él esté muerto.

—Lo sé, *dietka*. —Acaricio con mi pulgar la curva de su mejilla. —Pero puedo manejarte.

Eso es lo que le gusta. Ser mala y recibir un castigo suave. Estoy usando ese fetiche contra ella... no, por ella... joder, ni siquiera sé ya.

Estoy usando su fetiche para intentar que esto funcione para ella.

Bozhe moi, espero que funcione. Traumatizarla sería imperdonable.

La dejo en la cama y acerco al lado de la cama la gran caja que Feodor entregó con la furgoneta. La traje anoche mientras ella dormía. Al mismo tiempo, limpié el lugar de todas las huellas dactilares o ADN.

Sus ojos se abren de par en par ahora y sacude la cabeza.

—No, no, no, no.

—Todo va a estar bien, *malyshka*. —Recojo su forma retorciéndose y protestando, y giro para depositarla suavemente en la suave cama de papel triturado dentro de la caja.

—Esto es lo que vamos a hacer. Vamos a fingir que te estoy dando un tiempo en tu jaula antes de tu castigo.

Se queda quieta un momento, con su mirada azul muy abierta.

—¿Qué? —croa. Sus pezones se endurecen bajo mi camiseta blanca.

Rozo ligeramente uno con el pulgar.

—Es un juego, *dietka*. Has sido una chica mala. Te estoy poniendo en tu jaula para esperar tu castigo.

—N-no. —Puedo notar que está alterada por la sugerencia. Sus pupilas se dilatan, sus labios se entreabren.

Asiento con firmeza.

—Necesito que seas una buena chica.

—No, Adrian. —Está asustada. Por supuesto que lo está. Las gominolas parecen quitarle el filo, sin embargo. Su cuerpo permanece relativamente relajado—. No puedes hacer esto.

—Por favor, Kateryna. No quiero amenazarte ni dejarte inconsciente. Juega a este juego conmigo.

Ella me mira fijamente, escrutando mi rostro.

—¿Adónde vamos?

Niego con la cabeza y le ato la mordaza alrededor de la boca.

—¡No! —grita a través de ella.

—Solo hasta que estés en la furgoneta. —Le coloco un

jersey alrededor para que no pase frío, cierro la tapa de la caja, cojo mi bolsa de lona ya preparada y termino rápidamente de limpiar el apartamento eliminando cualquier huella o ADN que cualquiera de nosotros haya dejado antes de sacarla. Después cierro la puerta con llave y dejo la llave bajo el felpudo para el casero.

En cuanto cargo la caja en la furgoneta (gracias a Dios por el portón elevador), abro la tapa y le quito la mordaza, colocando mi dedo sobre sus labios.

—¿Ves? Puedes confiar en mí, ¿no?

La mirada sobresaltada de Kat recorre nerviosamente el techo de la furgoneta y vuelve a mi cara.

—Pórtate bien. —La dejo en la parte trasera con la tapa quitada y cierro el portón trasero, luego corro hacia el lado del conductor. Mi teléfono suena, y compruebo la pantalla.

Ravil.

Rechazo la llamada, aunque sé que me costará caro cuando vuelva a verlo.

Si vuelvo a verlo.

Miro debajo del asiento delantero de la furgoneta y descubro que Feodor me ha dejado una pistola como le pedí. Me la guardo en el bolsillo de la chaqueta.

—¿Adrian? —El tono temeroso de la voz de Kat me deja el pecho frío.

—Aquí estoy. Estaré contigo todo el tiempo. No te estoy vendiendo. No te estoy abandonando. ¿Vale?

—Tiempo de jaula —dice débilmente y el alivio me invade.

Le estaba pidiendo mucho al convertir esto en una fantasía sexual y no en un terror, pero lo está intentando.

Conducir en el Reino Unido es un auténtico dolor de cabeza por circular por la izquierda, pero me las arreglo. Llego al muelle, donde me meto en la parte trasera de la furgoneta.

—La mordaza vuelve a su sitio, *malyshka*. Después de tu tiempo en la jaula, te daré todo lo que necesites. ¿*Da*?

Ella cierra los ojos y tararea suavemente como si estuviera esforzándose por no perder la calma.

—Buena chica —murmuro y vuelvo a colocarle la mordaza, luego cierro la tapa.

Espero que esto funcione, joder.

Descargo la caja de la furgoneta y la llevo rodando frente a mi contenedor de envío. El tipo llamado Rodion está allí, esperándome. Le doy doscientas libras, y él lo abre y me deja entrar con la caja, cerrándola a mi espalda.

Inmediatamente retiro la tapa de la caja para que Kat pueda verme.

—Sigo aquí —digo, como si mi presencia fuera un consuelo para ella. Como si yo no fuera el tipo que la tiene atada en una caja a punto de zarpar hacia América.

Ella intenta hablar a través de la mordaza, pero le pongo el dedo en los labios.

—La mordaza se queda un poco más. —Le acaricio la cara y toqueteo suavemente sus pechos, tratando de hacer esto placentero en lugar de aterrador. Parece funcionar. Después de unos minutos, ella hace un suave ruido de zumbido y deja que sus ojos se cierren.

Acaricio su trasero apenas cubierto, admirando su forma con mi palma. La mantengo relajada y calmada de esta manera durante más de una hora hasta que finalmente nuestro contenedor es levantado y transportado al carguero.

Una vez allí, le quito la mordaza. Sus párpados se abren con un aleteo.

—¿Dónde estamos? —Su voz suena ronca. Busco en mi bolsa una botella de agua y la incorporo hasta sentarla para que pueda beber.

—¿Estamos en un barco?

—Sí.

Sus ojos están abiertos y horrorizados. Mira alrededor del interior del contenedor.

—¿Por qué?

Así es como transportaron a mi hermana a América.

Sin embargo, no le digo eso. Mi idea original de recrear, o principalmente fingir recrear todas las cosas que le hicieron a Nadia ahora, me parece horrible. ¿En qué estaba pensando?

Todo este plan empieza a parecer improvisado. ¿Es esa la verdadera razón por la que no devuelvo la llamada a Ravil? ¿Porque estoy seguro de que me dirá que aborte la misión? ¿Que estoy loco?

Joder.

Ahora no solo estoy loco, sino que he arrastrado a Kat conmigo. La salvaje, dulce y hermosa Kat. La chica que rápidamente se está convirtiendo en algo valioso para mí.

Aunque aún no es seguro, saco mi cuchillo y corto las ataduras de sus muñecas y tobillos.

—Ven aquí, *malyshka*. —Me inclino para sacarla. En lugar de usar mi ayuda para salir, se aferra a mí como un koala, envolviendo mis caderas con sus esbeltas piernas y enterrando su cara en mi cuello.

—Lo siento, Kateryna. Sé que esto ha sido duro.

—Lo ha sido —admite, pero no suena muy disgustada.

Me quedo de pie sosteniéndola, balanceándome de lado a lado como si fuera un bebé que necesita consuelo. Después de un momento, dice:

—Aunque sí quiero jugar a lo de la jaula contigo.

Una risa escapa de mi pecho.

—Bien. Porque tendremos mucho tiempo que matar en este barco.

—¿Adónde vamos?

—A América.

—Mi padre no está en América.

Mis sentidos se agudizan.

—¿Dónde está?

—Si te lo digo, ¿me dejarás ir?

Solo lo considero por un momento.

—*Nyet.* —Es imposible. Nunca me acercaría a él sin ella como cebo.

—¿Por qué no? —Suena ofendida.

—No te haré responsable de la muerte de tu padre. Eso no está bien.

—¿Y esto sí? —Patalea, y la dejo en el suelo. Me mira fijamente. —Creo que tienes una noción retorcida de lo que está bien y lo que está mal, Adrian.

*K*AT

La cualidad atormentada en la expresión de Adrian me dice que está de acuerdo. Su conflicto interno es tan palpable que casi puedo tocarlo. Sinceramente, no sé si me rendí a ser metida en una caja por las gominolas de CBD que me dio o porque prácticamente me suplicó que no luchara contra él.

El tipo realmente intentó seducirme para que me quedara callada.

No lo intentó, lo consiguió, me recuerdo a mí misma.

Esta experiencia va a ser un material jugoso para la doctora Delaney. Estaremos analizando mi Síndrome de Estocolmo durante años, seguro.

La verdad es que me excitó el escenario del "tiempo de jaula". Adrian me tiene calada en eso. Solo ese hecho sería razón suficiente para seguirle a un barco hacia América. O saltar por un acantilado si me lo pidiera.

Con él, sé que la satisfacción es posible. Una resolución a la necesidad que me ha consumido desde que me enviaron lejos de casa.

En ese momento, el contenedor metálico en el que

estamos golpea, y con un chirrido que hace rechinar los dientes, la puerta se abre de golpe.

Adrian se abalanza sobre mí, capturándome contra su sólido cuerpo y cubriendo mi boca con su mano.

Un hombre está en la entrada con una camisa sucia manchada de sudor y una barba descuidada. Huele a alcohol rancio, de ese que sale por los poros de la noche anterior. Observa la escena, su mirada se detiene en mi uniforme escolar y en la forma en que Adrian me tiene cautiva, y se transforma en una mirada lasciva.

Si hubiera pensado en pedirle ayuda, lo cual, para que conste, no había pensado, la idea habría muerto en el momento en que vi esa mirada lujuriosa.

El tipo habla con Adrian en ruso, algo sobre mostrarnos nuestra habitación, y Adrian gruñe antes de empujarme hacia delante. Seguimos al hombre hasta la cubierta de un carguero. Mi estómago se revuelve cuando me doy cuenta de que ya estamos lejos de la costa.

Adiós a la cerámica. O a la historia. O a mi primer promedio decente. Parece que realmente voy a ir a América.

En barco.

Adrian habla con el tripulante, quien lanza otra mirada lasciva por encima del hombro y responde.

Nos llevan por una escalera metálica hasta un pequeño camarote con una sola cama. Adrian me empuja dentro y cierra la puerta antes de soltarme.

—¿Esta es mi nueva prisión? —Miro alrededor de la pequeña habitación. Es sencilla, pero hay una ventana redonda con un asiento incorporado debajo. Me subo y apoyo la espalda contra el marco, mirando el agua a través de la ventana. Con un buen libro, este podría ser un rincón agradable. Puedo fingir que estoy en un yate.

—Sí —Adrian recorre la habitación explorando cosas. —

No está mal —dice—. Podría ser peor. Al menos tenemos una ventana.

—Sube aquí conmigo —le invito. Para mi deleite, lo hace, saltando y apoyando su espalda contra el lado opuesto, sus largas piernas enredándose con las mías.

—Pero ¿qué hay de mi jaula? —Finjo un puchero. — Dijiste que recibiría una recompensa y tiempo en la jaula. — En ese momento estaba en parte excitada y en parte asustada. No puedo creer que le permitiera meterme en esa caja sin entrar en pánico. Supongo que las gominolas ayudaron.

Sería fácil demonizar a Adrian por esto, pero veo lo bueno en él. Está esforzándose por evitarme traumas. Quizás estoy siendo tonta y romántica, pero una parte de mí no puede evitar creer que es un héroe atrapado en el papel de villano.

Claro, es un papel para el que se ofreció voluntario.

Adrian me envía una sonrisa feroz. Es la primera sonrisa auténtica que le veo, y le hace parecer juvenil y devastadora-mente apuesto.

—Planeo ocuparme en nada más que en usarte y abusarte durante las próximas dos semanas.

Si no estuviera sonriendo, lo interpretaría de una manera totalmente diferente, pero en su lugar, sus palabras encienden una llama ardiente de deseo en mi interior.

Agarra mi pantorrilla y desliza su mano arriba y abajo por mi calcetín hasta la rodilla. Por un momento, finjo que estamos saliendo. Es mi novio cariñoso y esto es nuestro viaje en un crucero. El novio amoroso que nunca tuve. Por supuesto, no sé nada sobre Adrian Turgenev. Ni a qué se dedica ni qué comidas le gustan. Ni siquiera su programa de televisión favorito.

Adrian me quita los zapatos, arrojándolos uno a uno al suelo junto a la única cama. Levanta mi pie y comienza a masajearlo.

—¿Te sientes culpable? —pregunto con una sonrisa de complicidad.

—Quizás —dice.

—Deberías.

Él acepta eso como lo que le corresponde.

—Te mereces todas las recompensas ahora, *malyshka* — me dice—. Has sido una niña muy buena.

Mis pechos se tensan con sus palabras. O tal vez con su tacto porque el masaje de pies se siente divino.

—¿Cuáles son las recompensas?

—Bueno, no se me da mal dar masajes de pies. —Ahora está trabajando mi pie con ambas manos. Realmente es increíble haciéndolo. Pero entonces empiezo a preguntarme a quién más le da masajes de pies. Dónde aprendió este talento. Quiero asesinar a cada chica que alguna vez sedujo con esa sonrisa juvenil y estos firmes pulgares trabajando en las plantas de mis dedos.

—¿A quién le das masajes en los pies? —pregunto, intentando no sonar tan celosa como me siento.

—Solía dárselos a mi madre —dice—. Estaba enferma de cáncer, y era algo que podía hacer por ella.

—Lo siento —digo—. ¿Ella... lo superó?

—No.

—¿Cuántos años tenías cuando murió?

—Tenía catorce. Nadia solo tenía diez.

—¿Cuántos años tienes ahora? —pregunto.

—Veintiséis.

—¿Y tu padre? ¿Está vivo?

Adrian asiente levemente.

—Es un borracho. Empezó a beber cuando mi madre enfermó. Ahora está prácticamente borracho todo el tiempo.

—Lo siento.

Él se encoge de hombros.

—Es lo que hay.

—Yo tenía nueve años cuando mi madre desapareció —le cuento.

Adrian frunce el ceño.

—¿Qué quieres decir con que *desapareció*? —Sus cejas se inclinan como si ya supiera la respuesta.

Me encojo de hombros.

—Me gusta pensar que huyó. Pero no lo sé. Hay muchas cosas que no sé sobre mi padre y de lo que es capaz.

Nunca lo había dicho antes en voz alta. Nunca expresé este horrible miedo que tengo de que él sea la razón por la que ella me abandonó, no solo a mí, sino posiblemente al planeta.

—Kateryna —dice Adrian suavemente, con la mirada llena de compasión.

Las lágrimas aparecen en mis ojos, y rápidamente sacudo la cabeza para alejarlas.

—Ya sé, *pobre niña rica*, ¿verdad? Todo el mundo asume que la hija del mafioso es una princesa mimada que vive una vida encantada. Pero te diré algo: es jodidamente solitario. No tengo ningún amigo en este mundo, Adrian, ni uno solo.

¿Qué estoy haciendo? No puedo creer que me esté montando una fiesta de autocompasión e invitando a Adrian, un chico al que preferiría impresionar, no avergonzarme, a participar.

—Eso no puede ser —afirma, su mirada marrón intensa, como si quisiera hacerlo realidad. Como si quisiera convencerme de lo contrario.

—Es verdad —le digo—. ¿Por qué crees que salgo haciendo conexiones aleatorias con chicos sudorosos en una fiesta? ¿Enamorándome de un chico que me tiene prisionera?

Ups.

Dios mío, ¿he dicho eso en voz alta?

Debo estar perdiendo la cabeza.

Adrian deja de respirar, con los ojos abiertos y sorprendidos.

Hago un gesto desdeñoso con la mano.

—Es broma. No quería decir eso.

Un profundo ceño cruza su rostro.

—Estoy aquí para utilizarte. Para hacerte daño, Kateryna.

Cruzo los brazos protectoramente sobre mi pecho y encojo los hombros.

—Sí. Lo sé. Pero soy masoquista, así que me gusta un poco. No es gran cosa.

La expresión de Adrian no es otra cosa que torturada. Hunde los dedos entre su pelo.

—Sí. Estoy intentando que sea un dolor bueno para ti, Kat. Pero al final...

—Al final, alguien tiene que morir.

—Tú no —dice rápidamente.

—Lo sé. —Me arde la nariz, y me la froto para alejar las lágrimas, mirando por la escotilla el rocío de agua gris azulada en el exterior.

—Si sobrevivo, Kat —comienza Adrian.

No quiero mirarlo porque duele demasiado, pero termino haciéndolo de todos modos.

—Yo...

—¿Qué? —grazno.

—Quiero decir, tú no lo querrías ni lo necesitarías, pero...

—Solo dilo, Adrian.

—Yo cuidaré de ti.

Un sonido estrangulado sale de mi garganta, y me lanzo al otro lado del asiento de la ventana, estrellando mi cuerpo contra el suyo. No es un abrazo ni un estrechamiento, sino que caigo sobre él en posición fetal, encogida de lado contra su pecho.

Sus fuertes brazos me rodean, y él respira entrecortadamente. Siento sus labios en la parte superior de mi cabeza.

—No quiero que lo hagas —digo con voz acuosa. Es cierto y no lo es a la vez.

En realidad, me horroriza lo atractiva que me resulta su oferta. ¿De verdad deseo que mi padre esté muerto para que Adrian tenga que responsabilizarse de mí? Por supuesto, él solo lo ofrece por culpa y responsabilidad. Quiere que sepa que no moriría de hambre en las calles si tiene éxito con su venganza.

No está diciendo que se casará conmigo.

Ser mi *sugar daddy*.

Llevarme a casa. Bueno, quizás sí me llevaría a casa. Pero definitivamente no debería estar ni remotamente interesada o emocionada por esa perspectiva.

—Por supuesto que no —dice con aspereza contra mi pelo—. Pero si lo hicieras...

—Haces bien de tipo malo. —Levanto mi cara húmeda para echarle un vistazo y luego me escondo en su cuello, donde beso su piel. Huele a pino y cuero. Fuerza y determinación. Amabilidad y valentía.

—Quizás te mate —murmuro contra su piel, solo porque creo que debería estar luchando, y sé lo absurdo que es que no lo esté haciendo.

Él acuna la parte posterior de mi cabeza. Me recogí el pelo en trenzas anoche cuando estaba mojado, y él aparta una de las trenzas de mi hombro con un golpecito.

—Probablemente lo harás —murmura en respuesta.

CAPÍTULO 8

a^{drian} —Estoy listo para enviar el mensaje —le digo a Dima. Tuve que llamarle mientras tenía cobertura.

Kat me mira desde el asiento junto a la ventana. Todavía estoy en el camarote porque no me vi capaz de atarla de nuevo para salir. Además, ya no tengo nada que ocultarle.

Estamos en el barco... no puede escapar. Conoce mi plan.

—Pude rastrear su última ubicación. Estaba en Malta.

—Malta —repito, observando el rostro de Kat.

Por la forma en que se tensa, puedo ver que es verdad.

Dima continúa:

—No puedo acceder a sus cuentas bancarias, pero tengo las de ella completamente abiertas. Podrías hacer que él transfiera dinero a la cuenta de ella, y yo puedo transferirlo inmediatamente. Además, quizás pueda rastrear el origen.

—Eso funciona. ¿Seguro que no podrá rastrearlo?

—Soy bueno en lo que hago, Adrian.

—Lo sé, lo sé.

—¿Has llamado a Ravil?

—No.

—¿Estás planeando volver, Adrian? —pregunta Dima en voz baja.

Me quedo sin aliento. Solo estoy un cincuenta por ciento seguro de que volveré a Chicago. A Nadia. Pero no he sentido realmente la profundidad de lo que eso significa hasta este momento.

Me paso la mano por la mandíbula.

—Quiero hacerlo —le digo—. Pero conozco los riesgos.

—Ravil y Maxim son estrategas expertos. ¿Por qué no consultarles tus planes?

—No quiero poner en peligro a la célula.

Dima hace un sonido frustrado en su garganta.

—¿Y si me niego a seguir ayudándote porque no has hecho contacto?

—Ya sabes.

—Lo harías por tu cuenta.

—Sí.

—Eres un cabrón terco.

No digo nada.

—Nadia no necesita esto, Adrian. Te necesita aquí. Si te pasara algo, ¿crees que podría seguir adelante?

La familiar sensación de temor y rabia me oprime el pecho cuando pienso en Nadia. A veces no estoy seguro de si alguna vez volverá a llevar una vida normal.

—*Él* le hizo eso —escupo.

—Matarlo no cambiará nada.

Mi estómago se revuelve, pero me burlo.

—Tu mujer te ha ablandado —digo. Dima se mudó con una hermosa joven rusa de nuestro edificio el otoño pasado.

Dima me cuelga, y me lo merezco.

Da igual. Ya me ha dado todo lo que necesito. Sé que seguirá ayudándome, tanto si obedezco las órdenes de informar a nuestro *pakhan* como si no.

Usando el portátil, redacto y envío un mensaje de texto

desde el número de Kat a su "Papá". Incluyo las fotos gráficas de ella, junto con el mensaje sardónico en inglés: *No te preocupes. La trataré tan bien como tú tratas a las mujeres que esclavizas.*

Responde con un mensaje inmediatamente. Aparece en la pantalla de mi portátil. *Hiérela y morirás.*

Le contesto: *Ups.*

¿Qué quieres?

Le escribo: *Quiero cortarte la polla y hacértela comer. Verte morir lentamente. Hacer que tu hija sufra como hiciste sufrir a cientos de mujeres.*

Por fin. He esperado este momento durante tanto tiempo. Soñado con él. Es tan jodidamente satisfactorio.

¿Quién eres? pregunta Poval.

Aunque le dije mi nombre a Kat, de repente me parece mal incluir a Nadia en todo esto. Decir que soy su hermano. No quiero que se manche con la mierda que estoy haciendo en su nombre.

Así que simplemente digo: *Represento a todas las mujeres a las que has hecho daño.*

Él responde: *Deja a mi hija fuera de esto. Ella no tiene nada que ver con mi negocio.*

Demasiado tarde. Tu hija ahora está encadenada a mi cama. Si quieres que siga viva, deposita 5 millones de dólares en su cuenta en cuarenta y ocho horas.

Cuando no responde inmediatamente, añado: *Te la devolveré personalmente cuando termine de usarla.*

Cierro el portátil y miro a Kat.

—Ya está. Tu padre ha sido notificado.

Ella se muerde los labios y aparta la mirada, hacia la ventana.

—Voy a buscarnos algo de comer, *printsessa.* —Saco una brida del bolsillo. —Toma. —Se la paso alrededor de la muñeca, e intenta golpearme. Le agarro la mano y la mantengo quieta, luego aseguro otra brida a la tubería que corre a lo largo de la pared—. Solo una mano. Puedes quedarte aquí y mirar por la ventana. Volveré en unos minutos.

—¿Y si tengo que ir al baño? —pregunta con petulancia.

—¿Necesitas ir?

—No. Pero pronto sí.

—Te llevaré cuando lo necesites.

—Quiero golpearte la cara —me dice.

Agarro su cabeza y le beso la sien, aunque acaba de amenazar con hacerme daño.

—Lo sé.

Exploro el barco, encuentro el baño cerca de nuestra habitación, luego subo las escaleras hacia la cubierta y camino por ella.

Hace frío en cubierta, el viento corta a través de mi camisa y enfría mi piel, pero me encanta el olor a aire salado. Me siento cómodo en los barcos; crecí trabajando en los muelles de Vladivostok y luego trabajé como ingeniero naval después de graduarme.

Esa es parte de la razón por la que elegí arrastrar a Kat a través del océano en un carguero. También porque eso fue lo que le hicieron a Nadia. Aunque ahora esa razón parece irrelevante y débil.

Finalmente encuentro la cocina y el comedor donde cinco tipos, incluido George, el miembro de la tripulación que nos sacó del contenedor, están comiendo de sus cuencos. Hay una olla grande en la cocina con lo que parece chili ruso. También hay una botella de vodka medio vacía en la mesa, como si ya estuvieran empezando su borrachera vespertina.

—Ah, aquí está nuestro polizón —dice George en ruso—. Adrian, ¿verdad?

—Adrian, *da*.

—Soy Vladislav, el capitán.

—Stepan.

—Lev.

—Grigor. —Cada uno se presenta.

—¿Dónde está la chica? —pregunta George.

Ya tenía recelos sobre este tipo cuando nos dejó salir. No me gustó la forma en que miraba a Kat. Como si fuera un trozo de carne. No sé por qué pensé que, por ser rusos, podría manejarlos sin problema. No esperaba que me cubrieran las espaldas, pero al menos pensé que serían manejables. Sin embargo, gélidos tentáculos de advertencia se están filtrando.

—Ella se queda en nuestra habitación.

Grigor, el tipo más grande, gruñe.

—¿Cuánto?

—No está en venta.

—No quiero comprarla. Pero ¿cuánto por un turno?

Mis manos se cierran en puños. Muros de ira me rodean. *Mudaks* como estos utilizaron a mi hermana. Joder, ¡quizás incluso fue en este mismo barco!

—¿Para quién la estás guardando? —Los ojos de George adquieren un brillo curioso. —¿Es virgen?

Es un milagro que no le rompa los dientes ahí mismo. ¿Al tipo le gustan las vírgenes involuntarias? Necesita morir.

Quiero decirles que no es una esclava sexual, pero arruinaría mi plan. Si sospechasen que tengo una prisionera por la que pido rescate, podrían intentar averiguar quién paga y llevarse una parte. O peor, venderme.

Así que simplemente digo:

—Pertenece al jefe. La quiere intacta.

—¿Quién? —pregunta el capitán—. ¿Poval?

Mi corazón se acelera. ¡Joder!

Apenas puedo funcionar por el tumulto de violencia que me invade. El rugido en mis oídos. Me ahogo con la bilis que sube por mi garganta. ¡Este debe ser el barco utilizado para transportar esclavas a América! ¡El que Leon Poval usó para su trata de esclavas sexuales!

Dos pensamientos me vienen a la mente a la vez.

Uno: Puedo y voy a vengarme de estos cabrones también.

Pero dos: Estoy en gran peligro aquí. Porque si de alguna manera descubren que tengo a la hija de Poval, entonces mi juego habrá terminado, y soy hombre muerto.

Considero decirles que es un jefe diferente. Ravil o el *pakhan* de Moscú, Kuznets. Pero en su lugar, solo gruño afirmativamente y les dejo pensar que es Poval. Con suerte, le tienen suficiente miedo como para no tocar a Kat. Ahora solo tengo que estar muy, muy seguro de que ella no tenga la oportunidad de hablar con ninguno de ellos.

*K*AT

Intenté liberarme de las bridas mientras Adrian estaba fuera. Traté de alcanzar su portátil, donde aparentemente pudo enviar mensajes a mi padre, sin éxito.

Regresa con dos cuencos de algún tipo de estofado de carne o chile y me libera. Nos sentamos en nuestro asiento junto a la ventana para comer.

La comida es asquerosa, pero ambos terminamos. Adrian apila mi cuenco sobre el suyo y lo coloca a su lado.

—Por favor, dime que tienen Häagan Dazs de chocolate aquí.

Un indicio de sonrisa aparece en los labios de Adrian.

—Ojalá —dice—. Lo dudo. Pero te diré lo que sí tienen.

—¿Qué?

—Vodka. Mucho. Ya estaban medio borrachos cuando fui a buscar nuestra comida.

—Dime otra vez, ¿por qué estamos en un barco? Y ahora

sabes que vamos en dirección contraria si quieres llegar hasta mi padre, ¿verdad?

La expresión de Adrian se vuelve malhumorada, y creo que no va a responder, pero después de un momento, dice:

—Al principio también pensé que era un error, pero ahora creo que el destino me llevó a este barco.

—¿Por qué?

Sacude la cabeza.

—Tu padre vendrá a mí cuando le dé un lugar de reunión.

—Lo quieres en tu propio terreno.

Me estudia.

—Estás más preocupada por mí que por tu padre, ¿verdad?

Asiento.

—Sí. No es que no parezcas totalmente competente matando a alguien. —Mi mirada se dirige a las cuatro equis verdes en sus nudillos—. ¿Fueron asesinatos?

No responde, lo que sé significa que lo son.

—Crees que tu padre es invencible. Es normal que una hija lo crea.

—No, es lógico considerando que eres un solo hombre con un alma muy bondadosa a pesar de tu comportamiento villano, y mi padre tiene ejércitos de cabrones que no tienen alma en absoluto.

La expresión de Adrian se vuelve amarga, curvando su labio superior. Ahora es su turno de mirar por la portilla en lugar de a mí.

—Lo siento por tu hermana. Por Nadia.

Vuelve su mirada hacia mí, y veo un mundo de dolor en sus ojos.

—Lo siento por esto. Por utilizarte así. Estuvo mal.

—Pero aún así vas a seguir adelante. —Lo digo como una afirmación, no como una pregunta.

Adrian asiente.

—No puedo dar marcha atrás ahora.

—Sí *puedes* —suplico—. No lo diré. No le diré a mi padre quién eres. Me inventaré otra historia. Le diré que envié las fotos para impactarle. Tienes las que salgo sonriendo, ¿verdad?

Adrian se pasa los dedos por el pelo.

—Lo siento, *dietka*. Tengo que terminar esto.

Alcanzo su mano y entrelazo mis dedos sobre los suyos. Él los mira, como si estuviera confundido por el gesto.

—No quiero que mueras.

Sacude la cabeza.

—No lo planeo, Kat. Pero estoy dispuesto. Y eso probablemente es lo que me hace a prueba de balas.

Mis ojos se llenan de lágrimas.

—No creas eso.

Extiende los brazos hacia mí y me atrae a su lado del asiento junto a la ventana, colocándome entre sus piernas, apoyada contra su amplio pecho. Sus brazos me rodean.

Respiro su aroma a pino y cuero.

—¿Adrian? —pregunto después de un tramo de silencio.

—*Da?*

—Si tuvieras éxito...

Se queda inmóvil, escuchando. Su aliento acaricia mi oreja derecha.

—Ofreciste cuidarme por un sentido de responsabilidad.

Sus labios encuentran el borde de mi oreja, y juguetea con ella, pero no responde.

—Por supuesto que soy responsable —dice después de un rato, y quiero meterme en un agujero y morir.

Por supuesto, Adrian Turgenev no quiere quedarse conmigo. Es absurdo que incluso esperara tal cosa.

—Pero...

Contengo la respiración.

Me mata al no continuar.

—Pero, ¿qué?

—Pero... si nos hubiéramos conocido de otra forma... si solo fuéramos dos desconocidos en esa fiesta, y te hubiera llevado a casa...

Mi corazón martillea en mi pecho tan rápido que creo que voy a desmayarme.

—¿Sí? —logro decir con dificultad.

—Nunca te dejaría ir.

Mi respiración entra en un brusco sollozo.

—Nunca —repite.

Entonces estoy llorando. Lágrimas de verdad. No tengo explicación para por qué están cayendo, pero Adrian no se molesta por ellas.

Dobla las rodillas a mi alrededor, así que estoy acunada no solo por sus brazos, sino por todo su cuerpo, y me besa la coronilla, meciéndome suavemente como a un bebé.

—Yo también te conservaría —le digo, apartando las lágrimas de mi cara.

—Solo porque te di azotes. —Hay risa en su voz. Está bromeando.

Eso hace que llore y ría aún más fuerte.

—Sí —digo—. Eso fue divertido.

—Voy a hacerlo otra vez, *printsessa*.

—¿De verdad? —Aprieto sus brazos aún más fuerte a mi alrededor, como una manta de seguridad que nunca quiero soltar.

—Ajá. Tienes un trasero muy azotable.

Tiro de su mano hacia abajo entre mis piernas, necesitando sentir algo diferente a este dolor en mi pecho.

Cubre mi monte de Venus posesivamente y me muerde el cuello.

—¿Necesita este cuerpecito caliente algo de atención por mi parte?

Me retuerzo contra su mano intentando conseguir más fricción.

—Sí —gimo.

Me empuja fuera del alféizar de la ventana y se deja caer a mi lado.

—Inclínate sobre la cama, pequeña.

Hago lo que me dice, doblándome por la cintura y poniendo mis manos sobre el pequeño catre. Presentándole mi trasero.

Me da una suave palmada, y me contoneo pidiendo más. Me da unas cuantas palmadas más y luego levanta mi falda corta y baja mis bragas hasta la mitad de los muslos. Estoy instantáneamente empapada.

—¿Es esto lo que necesitas? —pregunta Adrian—. ¿Necesitas que le dé azotes a este lindo trasero?

Me encanta cómo siempre pide consentimiento, incluso mientras actúa con dominio. Me hace sentir segura.

—Sí —afirmo. No sé por qué lo necesito. Delaney intentaría curarme de este sórdido anhelo, pero no quiero ser arreglada. Me encanta absolutamente. Adrian lo hace perfectamente bien. Él es mi héroe, aunque vista con ropa de villano. Quiero que me conserve. Quiero ser su pequeña esclava castigada. O lo que él quiera que sea siempre que esté haciendo su cosa dominante.

Me frota el trasero y luego lo agarra con ambas manos y planta un beso en una nalga.

—¿No estás demasiado dolorida de antes?

Estoy un poco dolorida, pero me encanta sentirme bien utilizada por él. Me encanta recordar lo completamente *poseída* que me hizo sentir. No degradada (aunque también estoy en eso), solo completamente reclamada.

—No —digo—. Lo quiero.

—¿Quieres que te penetre con mi polla grande y dura?

Vaya, se le da tan bien hablar sucio.

—Sí —gimo, meneando mi trasero otra vez.

Me azota un poco más, calentando mi trasero con firmes y punzantes palmadas. Cuando escucho el crujido del envoltorio del condón, estoy desesperada por él.

Me quito las bragas y abro más mi postura.

—Preciosa —murmura, acariciando mi cadera con una mano.

Registro el toque suave y firme de su polla contra mi entrada, y empujo hacia atrás para tomarlo.

—¿Vas a tomar mi polla como una buena chica? —A pesar de las palabras dominantes, entra en mí con suavidad.

—Sí, señor.

Comienza un ritmo, aumentando lentamente el tempo.

—De rodillas —ordena con un tono gutural cuando es momento de cambiar. Me subo a la cama a cuatro patas, y él continúa en esa posición, recogiendo mis trenzas y tirando de ellas hacia atrás—. ¿Te gusta que te tiren del pelo?

No me gusta la sensación real en mi cuero cabelludo, pero me gusta que me controle. Me gusta sentirme un poco forzada, aunque sé que estoy segura con él.

—Sí —jadeo.

Tira un poco más fuerte, echando mi cabeza hacia atrás y obligándome a arquear la espalda.

—Eso es muy bonito, *malyshka* —dice, y mariposas alzan el vuelo en mi vientre. Complacerle me complace—. Estás tan mojada, mi Kit-Kat.

¡Recordó mi apodo! Se lo había dicho la primera noche.

Además, me llamó suya.

La calidez me envuelve como una manta. Entonces tengo demasiado calor. Demasiada necesidad.

—Boca arriba —ordena Adrian, en sintonía con mi necesidad de un cambio de posición.

Me pongo boca arriba, aunque el misionero no es mi posición favorita. No hay de qué preocuparse, rápidamente lo hace funcionar para mí al envolver una mano grande alrededor de mi garganta. No aprieta para nada, solo sostiene mi garganta, mostrándome que podría ahogarme si quisiera.

Sus párpados están pesados, los labios entreabiertos. Embiste dentro de mí con empujes duros y acentuados que hacen que unos sonidos salgan disparados de mi garganta. Si no estuviera sujetando mi garganta, empujaría mi cuerpo hacia arriba, y mi cabeza golpearía la pared. Soy su cautiva. Literal y sexualmente.

Qué curioso que nunca me haya sentido tan libre.

Tan desabrochada. Tan satisfecha. Aceptada. Conectada.

Este hombre es mi alma gemela.

Si solo pudiera evitar que se matara.

Me rindo completamente a las sensaciones: el placer de Adrian moviéndose dentro de mí. La intensidad de nuestra posición, la visión de sus músculos tensándose en su pecho y brazos, la forma en que sus dientes se aprietan alrededor de su respiración entrecortada.

—Adrian —gimo, y su mirada se dirige rápidamente a mi cara, casi con alarma. Como si llamarlo por su nombre durante el sexo fuera lo mismo que decirle que me estaba enamorando de él.

Pero luego devuelve la intimidad.

—Kat... Kat.

Es demasiado para mí. Un grito de placer resuena en nuestra pequeña habitación, y mis músculos internos se tensan.

—Oh, joder —murmura Adrian, quedándose quieto por mí, luego bombeando más rápido que nunca hasta que alcanza su propio clímax gritado. Sus dedos se cierran alrededor de mi garganta; creo que ni siquiera se da cuenta, y yo me dejo llevar, permitiéndole que expulse mi respiración. Eso me provoca otro orgasmo igualmente fuerte, y me corro y me corro debajo de él, toda sobre su polla.

—Oh, mierda, Kat. —Suelta mi garganta como si fuera un hierro caliente. —Cariño. *Malyshka*. Kit-Kat. —Me acaricia el cuello. —¿Estás bien? Lo siento.

Mis párpados se abren con un aleteo, y le doy una sonrisa soñadora.

—Estoy bien. Me ha encantado.

—*Gospodi*. —Sale de mí y se deja caer a mi lado. —Pensé que te había hecho daño.

Mi sonrisa se ensancha.

—Me lo hiciste.

Su mirada se vuelve cariñosa, con una sonrisa dibuján-dose en sus labios. Me besa el puente de la nariz.

—Hermosa, salvaje, divertida chica. ¿Qué voy a hacer contigo? —Se retira de la cama, quitándose el condón y deshaciéndose de él.

—Quédate conmigo —sugiero.

Adrian

Acomodo a Kat en el catre con la cabeza en la dirección correcta y me tumbo a su lado.

Sus palabras, *quédate conmigo*, rebotan en mi cabeza.

Quiero quedarme con ella. Llevármela a Chicago y enamorarme perdidamente mientras hago cosas malas a ese cuerpo pequeño y ardiente suyo.

—¿Por qué vivías en Inglaterra, Kat?

—Ya te lo dije. Mi padre me envió lejos.

—Pero después del internado, ¿fue elección tuya quedarte en Inglaterra?

Ella rueda hacia mí, apoyando su cabeza en mi hombro, deslizando su mano bajo mi camiseta para pasar sus uñas por el vello de mi pecho.

—Sí.

—¿Por qué? Dijiste que no tienes amigos allí.

No responde, lo que me hace sospechar que hay una razón concreta.

Mi corazón late con una idea desagradable.

—¿Fue por un chico?

Su suave risa alivia la presa de celos que oprimía mi garganta.

—No. Me quedé por la cerámica.

—¿Qué?

—En mi último año del internado llegó una nueva profesora de arte. Convenció a la escuela para que compraran un torno y un horno, y nos enseñó a todos a modelar vasijas. Me enamoré.

—Te encanta la cerámica. —No sé por qué me resulta tan satisfactorio. Supongo que simplemente me alegra que tenga algo. Algo que ama. Algo por lo que trabajar. En lo que creer.

Eso es todo lo que cualquiera de nosotros necesita, ¿verdad?

Durante el último año, lo mío ha sido encontrar a Nadia y luego la venganza. Esas ideas me consumieron. Me cambiaron. Me convirtieron en un hombre duro y brutal.

¿Qué habría pasado si hubiera encontrado algo tan dulce, simple y perfecto como la cerámica? Alguna forma de arte que me entrenara en un flujo meditativo. Algo que me permitiera estar en silencio sin cavilar. Crear belleza con mis manos en lugar de ejercer violencia.

Quizás eso es lo que Nadia necesita para curarse.

Kat levanta la cabeza para mirarme.

—¿Te estás riendo?

—Nunca —prometo—. ¿Por qué me reiría? Me encanta eso para ti.

Deja escapar una risita ahogada.

—¿De verdad? —Su sonrisa es tan dulce y bonita que

duele. Me vuelve estúpido e imprudente. Me hace pensar cosas en las que no tengo derecho a pensar.

—Por supuesto. Es lo mejor que he oído en mucho tiempo. ¿Qué te gusta de ello?

Lo considera, mordiéndose la parte interna del labio inferior.

—Para modelar una vasija, tienes que estar realmente centrada. Quiero decir, tu pulgar debe estar centrado en la arcilla, pero eso significa que tú también debes centrarte.

—¿Hablamos en sentido espiritual? ¿O físico?

Se ilumina, como si le complaciera que preguntara.

—Ambos. ¡Esa es la cuestión! —Se apoya en una mano y me mira desde arriba. —Siento como si hubiera estado desequilibrada toda mi vida. Como si no supiera alrededor de qué centro orbitar. Era arcilla colocada en el lugar equivocado del torno.

Paso mi pulgar sobre su pezón porque sus pechos son demasiado hermosos para ignorarlos, especialmente cuando tengo uno delante.

—¿Y ahora has encontrado tu centro?

—Bueno, no exactamente. Pero estoy intentando averiguarlo. La arcilla me mostró lo que me faltaba, que estaba fuera de mi eje. Por qué siempre me sentía fuera de control y buscando algo.

—Entonces, ¿cómo te centras ahora, Kateryna?

Ella inspira profundamente.

—No lo sé. Pero me siento más cerca cuando trabajo con arcilla. Como si centrarla me ayudara a hacer lo mismo conmigo.

Intento reprimir el deseo de convertirme en su centro. De proporcionarle el eje alrededor del cual orbitar. De no dejarla nunca más tambalearse o vacilar. Ella necesita encontrar eso por sí misma. Es egoísta y absurdo pensar que yo podría ser eso para alguien. Aun así, quiero serlo para ella.

—Si pudiera quedarme contigo, Kateryna, te construiría un estudio de arte —murmuro—. E instalaría un horno en el edificio para ti. No me importaría que estuvieras cubierta de polvo de arcilla cada vez que te desnudara.

Ella traza con la uña alrededor de mi pezón plano, devolviéndome el favor.

—¿Lo harías?

—¿Sería suficiente?

—¿Suficiente para qué?

—Para mantenerte feliz. Sexo intenso y un estudio de cerámica.

Coge la almohada junto a mi cabeza y me golpea la cara con ella.

—No tenemos sexo intenso. —La sonrisa tonta en su cara hace que mi estómago se retuerza. Tiene ojos de luna. Preciosos ojos de cielo nocturno azul contra la luna. —Sí. Sería suficiente.

Parece estar enamorada.

Quiero que esté enamorada.

Lo cual es horrible y cruel por mi parte. Porque voy a romperle el corazón en pedazos salvajes. A hacerlo pulpa.

—¿A qué te dedicas, Adrian? Cuando no estás buscando venganza contra mi padre.

—Soy ingeniero —le digo—. Me formé como ingeniero mecánico y trabajé en un barco en Rusia hasta que mi hermana... —Miro más allá de ella, tragándome el resto de mis palabras.

—Cuéntame —insiste—. Debería saberlo. Si vas a matar a mi padre por ello, realmente debería saberlo.

—No —le digo—. No necesitas saberlo. Y no quiero ni siquiera intentar justificar mis acciones ante ti. No necesitas intentar perdonarme. ¿Vale? No necesitas perdonarlo.

Parpadea rápidamente y traga saliva.

—Así que eres ingeniero —dice suavemente, volviendo a la única parte de la conversación que es digerible.

—Ahora trabajo como ingeniero estructural. Para proyectos de construcción. —Así fue como Ravil me puso a trabajar remodelando su edificio piso por piso. Me permito fantasear por un momento. Que Ravil me diera un espacio en el edificio para convertirlo en el estudio de cerámica de Kat.

—Solo comería en cerámica hecha por ti —digo en voz alta—. Si me quedara contigo. Ninguna otra vajilla.

Ella me vuelve a dar esa mirada de luna.

—Mis cosas son un desastre. Todo es irregular y demasiado grueso.

—No me importa. Solo comería en tus platos.

Ella se ríe y traza una de mis cejas con la yema de su dedo índice.

—Podría... —me detengo. ¿Realmente voy a decir esto? No. Una vez que esas palabras salgan de mi boca, no podré retractarme. No puedo decirle que podría haber otra manera. Que podría renunciar a matar a Leon Poval si tengo suficientes pruebas y su ubicación para enviarlo a la cárcel en su lugar. Ahora que sé que este barco probablemente se usó para transportar esclavos a los Estados Unidos, podría conseguir algo sólido contra él. Y Ravil tiene ahora un contacto con el FBI. Un hijo de un miembro de la bratva. Pero es una posibilidad muy remota.

—¿Qué?

Niego con la cabeza.

—*Nyet*. Nada.

—Creo que él mató a mi madre —suelta de golpe.

Joder. Está intentando encontrar la manera de perdonarme. No se puede hacer. No debería hacerse. Debería odiarme el resto de su vida. Es lo que merezco.

—Lo sé, *malyshka*.

Sus ojos brillan con lágrimas. Sus dedos revolotean hacia sus trenzas, y las mueve nerviosamente.

—¿Lo sabes? ¿Con seguridad?

Niego con la cabeza.

—Pude darme cuenta de que lo pensabas. Y... probablemente tengas razón. Lo siento mucho.

Estalla en un sollozo hueco y deja caer su cabeza sobre mi pecho. La atraigo hacia mi cuerpo y le acaricio la espalda, abrazándola con fuerza.

¿Cómo puedo siquiera considerar seguir adelante? ¿Destrozar a esta chica que ya está tan rota?

Esto no hará que Nadia vuelva a estar completa.

Lo único que hace es apagar la luz de otra chica.

Beso su cabeza, con el corazón pisoteado y sangrando junto al suyo.

CAPÍTULO 9

Adrian

Espero hasta el amanecer para explorar el barco. A juzgar por las voces estridentes que resonaron durante la noche, los tipos se emborracharon hasta caer en estupor. Con suerte, ahora estarán todos inconscientes.

Cuando llevé a Kat al baño, ese *mudak* George la vio salir y se burló de ella. Me entraron ganas de romperle la cabeza, aunque quizás sea mejor que Kat vea que estos tipos son unos imbéciles. No quiero que piense que podrían salvarla de mí.

Me dirijo al puente, esperando encontrarlo vacío ya que estamos fuera de puerto.

Así es.

Usando la luz de mi móvil, busco los libros de registro del barco. Cuando los encuentro, fotografío cada página de los últimos cuatro años. Luego fotografío también los registros portuarios de igual período. Necesito tiempo para estudiarlos, para ver si hay algo incriminatorio en ellos, particularmente sobre Leon Poval.

Trabajando rápidamente, sigo registrando las cosas del capitán, buscando cualquier pista que pueda encontrar.

La luz del amanecer se filtra y siento un impulso inquietante de volver con Kat. No quiero que despierte sola. No me gusta dejarla atada, especialmente con esos *mudaks* cerca. Si uno de ellos entrara en nuestra habitación, estaría indefensa.

La idea me hace prácticamente correr de vuelta, solo para encontrar todo en silencio.

Kat se mueve en el catre cuando cierro la puerta.

Corto la brida que la sujeta.

—¿Qué estás haciendo? —Se sienta y se estira, mirando hacia la portilla, que brilla con la luz rosada del amanecer. Su piel pálida está sonrojada por el sueño, haciendo que esos ojos azules resalten contra sus oscuras pestañas.

—Todos están dormidos, ¿quieres salir a cubierta a tomar aire fresco?

Me recompensa con una sonrisa radiante, como si le hubiera ofrecido un día en la playa.

—Totalmente. —Sale de la cama, dejando caer las mantas.

Recojo las mantas y la envuelvo con ellas.

—Hace un frío terrible ahí fuera. Vamos a mantenerte caliente.

Me dedica otra sonrisa dolorosamente hermosa.

No puedo evitar que mis labios se curven en respuesta.

—¿Tengo que ponerme zapatos?

Miro sus pies en calcetines, luego me giro para ofrecerle mi espalda, doblando las rodillas.

—Súbete.

Me encanta cómo lo hace inmediatamente.

La llevo en mi espalda escaleras arriba y salimos a cubierta. La brisa del océano golpea nuestras caras, y Kat inhala audiblemente y luego suspira. La llevo a la barandilla y la bajo para que se ponga de pie sobre mis pies frente a mí, mirando hacia el mar.

—Me encanta el amanecer —dice. Su voz aún está ronca por el sueño.

—Ah, ¿sí? ¿Por qué?

Se encoge de hombros.

—Es como la arcilla. Incluso si estropeas completamente el jarrón mientras lo moldeas, puedes hacer una bola y empezar de nuevo. Eso es la mañana.

Le doy vueltas a eso, pero ella continúa.

—No importa lo que ocurriera el día anterior, todo se siente fresco y nuevo por la mañana. Como si pudieras volver a empezar, ¿sabes?

Volver a empezar. Eso es lo que necesito.

Una oportunidad para comenzar de nuevo con Kat. Con este proyecto. Remodelar la arcilla.

¿Cómo lo haría de forma diferente?

Probablemente debería haber llamado a Ravil. Esperado más información. Creado un plan más sólido.

—Antes de que mi madre se marchara, las mañanas eran nuestro momento especial. Mi padre se quedaba despierto toda la noche y dormía hasta el mediodía. Mi madre y yo teníamos la casa para nosotras. —Se gira para mirarme. — Como tú y yo tenemos el barco ahora.

Dios me ayude, no puedo detener el golpeteo de mi corazón contra mi pecho. La necesidad de besarla sin sentido.

Cedo a mi deseo, capturando su rostro entre mis manos y reclamando esos labios dulces y tiernos.

Ella me devuelve el beso, enlazando sus brazos alrededor de mi cuello y colgándose un poco, como si sus piernas no pudieran sostenerla.

—¿Crees que tienen té? —pregunta cuando rompemos nuestro beso.

—Mmm. No lo sé. Parecían más del tipo de vodka puro,

pero vamos a ver qué podemos encontrar. —Me giro y le ofrezco mi espalda de nuevo. —Sube, *malyshka*.

Ella salta a mi espalda, y la llevo al comedor donde las cosas están... asquerosamente desordenadas desde anoche. Encuentro un par de tazas y las lavo en el fregadero antes de llenarlas con agua y ponerlas en el microondas.

Kat no encuentra té, pero sí encuentra sobres de chocolate caliente, que vaciamos en el agua caliente y removemos con una cuchara limpia.

Le acerco un taburete para que se siente mientras cocino unos huevos en una sartén. Ella sorbe su chocolate caliente y me observa, todavía envuelta en las mantas de nuestra cama.

Nuestra cama.

No sé cuándo comenzó a existir un *nuestro* algo.

Quizás fue en el momento en que llegamos al barco. Después de que ella me dejara meterla en una caja y ni siquiera intentara cortarme la polla cuando la saqué.

Su confianza en mí lo cambió todo.

Me resulta cada vez más imposible continuar con mi plan.

Mañana tenemos otra parada en puerto en Amberes antes de navegar hacia América. Puedo usar el teléfono y llamar a Ravil. Hablar sobre mis opciones. Aclarar mis ideas sobre esta situación.

Pongo los huevos en un plato y cojo dos tenedores.

—De vuelta a nuestra habitación. —Inclino la cabeza en dirección a la puerta.

—¿De vuelta a la prisión? —pregunta, aunque sin rencor. Esta chica sorprendente y loca parece incapaz de guardarme rencor por toda la crueldad a la que la he sometido.

—*Da*. Prisión para ti.

Ella salta del taburete y recoge nuestras tazas de chocolate caliente. Las mantas se arrastran por el suelo mientras camina delante de mí con sus pies en calcetines.

—¿Tendré sexo duro?

—Solo si te portas bien.

KAT

Adrian recorre nuestra diminuta habitación de un lado a otro. Es tarde por la noche, y hemos estado encerrados aquí todo el día. El barco parece inmóvil. Creo que ha echado el ancla. Adrian dice que tienen una última parada en puerto mañana antes de navegar a través del océano.

Me mantengo alerta. Podría ser mi última oportunidad de escapar antes de que Adrian lleve este asunto con mi padre a un desenlace.

Ha parecido preocupado toda la noche, aunque no es que alguna vez no lo esté. Mi gruñón con corazón de oro. Ha estado revisando su móvil buscando cobertura y maldiciendo. Tengo la sensación de que está reconsiderando su plan. Decidiendo si realmente va a seguir adelante con su venganza.

Me gustaría creer que es por mí.

Porque está tan enamorado de mí como yo de él.

Si pudiera tenerte, Kateryna, te construiría un estudio de arte.

Lo había dicho como si fuera un sueño imposible. Algo que no creía que fuera realmente posible.

El miedo tira de mi plexo solar.

Las voces de la tripulación resuenan por los pasillos. Obviamente están borrachos otra vez, debe de ser su ritual nocturno. He pensado en golpear la puerta y suplicar ayuda, pero rápidamente descarté la idea. No sé si alguno de ellos habla inglés o ucraniano. Además, estos tipos no me parecen especialmente reconfortantes.

Pero, por otra parte, si salir de aquí pudiera salvar a Adrian de su propio suicidio, quizás debería intentarlo.

Oigo a uno de ellos gritar fuera de nuestra puerta y luego golpearla.

Adrian vuela hacia nuestro lado de la puerta, apoyando su hombro allí. Gruñe algo en respuesta.

Se oyen risas oscuras desde el otro lado y luego gritos a sus compañeros. Sus voces se acercan.

Adrian me lanza una mirada sombría, y tiemblo porque veo al asesino en él.

—¿Qué quieren? —pregunto.

—A ti —dice con gravedad.

Mi mano revolotea hacia mi garganta donde trato de tragar.

—No te preocupes —dice—. No dejaré que te tengan.

Siento ganas de vomitar. ¿Qué clase de hombres derriban la puerta de una mujer, pensando que tienen algún derecho sobre ella?

Violadores, eso es lo que son.

Por supuesto, vieron que yo era prisionera de Adrian. Tal vez pensaron... *qué asco*. ¿Pensarían que soy una especie de esclava sexual? He oído hablar de tales cosas en las noticias, pero...

Es entonces cuando las piezas encajan en mi cabeza.

Sobre Nadia.

Mi padre.

Oh, Dios mío.

¿Podría ser algo tan sórdido y horrible como eso? Hay más golpes y gritos en la puerta.

No. No quiero creerlo. Sin embargo, todas las piezas encajan. Me resultaba difícil imaginar a mi padre interesado en la hermana de alguien. Quiero decir, tal vez ella es bastante guapa, no lo sé, pero mi padre ya tiene muchas mujeres a su disposición.

Oh... casi vomito. ¿Y si todas ellas fueran... involuntarias?

No, seguramente me habrían pedido ayuda. Él no traería eso cerca de mí.

Pero quizás es un negocio para él. Siempre sospeché que era un traficante de drogas. Quizás en realidad se trata de... personas.

La puerta está cerrada, pero aparentemente han encontrado una llave porque Adrian observa cómo gira el pomo. Se lanza hacia su bolsa; supongo que tiene un arma allí, pero es demasiado tarde.

Ya están dentro de la habitación.

Intento gritar, pero no me sale ningún sonido.

Adrian ataca, y lo hace bien. Golpea a uno, estampa la puerta contra la cabeza de otro y patea a un tercero, pero son cinco contra uno solo.

Me lanzo hacia la bolsa, asumiendo que tiene algo útil allí, pero el tripulante más grande y apestoso me agarra. Su carnoso antebrazo se cierra sobre mi tráquea, y me arrastra hacia la puerta con un grito de júbilo.

Adrian sigue luchando con fuerza, pero está en el suelo. Agarra las piernas del tipo más cercano mientras recibe patadas en las costillas y el estómago.

—¡Adrian! —Me ahogo.

Cuando me ve siendo arrastrada fuera de la puerta, ruge de rabia, levantándose de nuevo solo para ser derribado otra vez.

Lo último que veo antes de ser llevada es la forma inerte de Adrian siendo arrastrada por el suelo.

drian

Escupo sangre sobre mi pecho cuando recobro la consciencia. Cuando intento ponerme de pie, me lo impide (¡oh, la maldita ironía!) una puta brida alrededor de mis muñecas. Es una de las mías, había dejado la bolsita en el suelo, y está sujeta al armazón metálico de la cama.

—¡Kateryna! —grito, tirando contra la brida.

¿Dónde está? Joder, si la ultrajan antes de que llegue a ella...

No. No permitiré que ocurra. Y mataré a cada uno de esos cabrones por intentarlo.

La oigo gritar en respuesta: está en uno de los otros camarotes de abajo.

Joder. Me cago en todo.

—No la toquéis —grito en ruso—. ¡Leon Poval os cortará la cabeza!

Tanto si creen que trabajo para él como si saben que ella es su hija, rezo para que invocar su nombre detenga lo que sea que esté pasando ahí dentro.

Forcejeo con la brida, mis músculos temblando por el

esfuerzo. Estoy atado al catre, pero no a la pata; no puedo deslizarla para liberarme. Tampoco puedo arrastrar la cama. El maldito cacharro está atornillado a la pared, como es habitual en un barco.

Mi navaja está ahí mismo en el bolsillo trasero, pero no puedo alcanzarla. ¿Por qué demonios no la usé contra esos *mudaks*?

Oigo los gritos de Kat, y despejan mi mente de todo lo que no sea salvarla. Agarrándome a la barandilla de la cama, levanto mi cuerpo en una inversión, elevando mis caderas por encima de mi cabeza. Sacudo las piernas y la navaja se cae, pero aterriza en el suelo, no en el colchón como esperaba.

No importa.

Volviendo a apoyarme en las rodillas, acorralo la navaja entre mis dos piernas, luego las aprieto y la levanto para pasársela a mis dedos que se agitan. La dejo caer dos veces, maldiciendo y temblando por el esfuerzo, pero finalmente la atrapo con los dedos. Me cuesta un poco, pero consigo abrirla y girarla torpemente para cortar la brida.

¡Libre!

—*¡Kateryna!* —grito de nuevo. Le diría que voy a por ella, pero eso alertaría a la tripulación si hablan inglés.

Ella grita como si alguien la hubiera golpeado.

Ellos *morirán*. En los próximos sesenta segundos.

Encuentro la pistola y munición en mi bolsa, cargo la pistola y corro hacia el sonido de los gritos de Kat.

Encuentro a dos de los cabrones apiñados en la puerta, dos más adentro, y uno intentando montarse encima de Kat en la cama mientras ella lucha como una pequeña gata salvaje.

Apunto y disparo una vez casi a quemarropa.

Luego otra vez.

Una tercera.

No llego a disparar la cuarta porque me ataca George, que me derriba al suelo. La pistola resbala por el suelo. Me golpea en la oreja, me da un *uppercut* en la mandíbula antes de que consiga darle un codazo en la nariz y luego voltear nuestros cuerpos para quedar yo encima.

Mi visión se tiñe de rojo. Estoy tomando venganza, no solo por Kat, sino por Nadia y por cualquier otro ser humano jamás tratado como una propiedad. Jamás abusado para diversión de otros.

Para entonces, el cabrón que estaba encima de Kat se ha unido a la pelea. Envuelve su brazo carnoso bajo mi barbilla para cortar mi respiración. Eso solo me vuelve más feroz. Uso su agarre sobre mí para levantar ambos pies y propinar un golpe demoledor al tipo debajo de mí.

Lucho, pero no consigo liberarme del agarre de Grigor. Me retuerzo y giro, lanzo codazos y pateo hacia atrás sin éxito. Mi visión empieza a volverse borrosa por los bordes y luego negra. Estrellas bailan ante mis ojos. El sonido de los sollozos de Kat me mantiene peleando. Si caigo, ella se quedará sola con este tipo. No hay forma de que él no descargue en ella su rabia por lo que he hecho. No puedo permitir que eso ocurra.

Mientras mi visión se oscurece, el sonido del metal golpeando hueso resuena en mis oídos, y de repente estoy cayendo de rodillas. Jadeando, necesitando aire. Me tambaleo hasta ponerme de pie para encontrar a Kat de pie detrás de mi agresor con una llave inglesa de mango largo en las manos. Parece salvaje y feroz. Su labio está sangrando, y hay una marca roja en su mejilla que parece que se convertirá en un moratón.

Grigor se desploma hacia un lado. Recojo la pistola y le pongo una bala en la cabeza y otra a George.

—Kat —grazno, con un arrepentimiento tan profundo que me ahogo en él.

Es imperdonable. No puedo creer que le haya hecho esto. Quiero destrozarme la cara a puñetazos. Dispararme en las rótulas.

Pero en lugar de golpearme con la llave, la deja caer y se lanza a mis brazos. Sus piernas rodean firmemente mi cintura, sus brazos me estrangulan.

—Kat. —Me ahogo otra vez. Dejo caer la pistola y la sostengo, caminando rápidamente fuera de la habitación y lejos de la horrible escena. No quiero que tenga que mirar el desastre que hice con la tripulación. Las caras de los hombres que intentaron violarla.

—Lo siento muchísimo. Lo siento tanto, maldita sea. —La llevo a cubierta para respirar el aire del mar. —Nunca debería haber permitido que esto te pasara.

Ella me aprieta aún más fuerte. Puedo sentirla temblar, y ahora desearía no haberla traído aquí donde hace frío. La llevo al timón.

—Adrian —jadea—. ¿Quién va a pilotar el barco?

—Escúchame, Kat. —La siento en el mostrador y sostengo su cabeza entre mis manos. —Voy a sacarte de este barco. Solo necesito acercarme un poco más a tierra, y luego tomaremos la lancha hasta la orilla.

Ella asiente con la cabeza.

—Sí. Vale.

El alivio de que al menos confíe en mí lo suficiente para sacarla de esta mierda me golpea en pleno pecho. No merezco ni una pizca de esa confianza, pero me aferro a ella de todos modos.

—Ven aquí. —La envuelvo en mis brazos de nuevo. —Dime que estás bien. Por favor, dime que él no...

—No —dice ella—. Le di una patada en los huevos.

Acuno su cara entre mis manos y presiono un beso en su frente.

—Buena chica.

—Adrian... —Parpadea conteniendo las lágrimas. —¿Qué le pasó a Nadia?

Mis propios ojos escuecen, y por un momento, no puedo hablar en absoluto. Luego simplemente asiento.

Sus labios tiemblan.

—¿Mi padre es traficante sexual?

Tengo el estómago hecho un nudo. Quería ocultárselo, no mancharla con lo peor de todo esto, pero es demasiado tarde. Permití que se manchara al traerla a este barco. Tratándola como una esclava.

Consigo asentir bruscamente.

Una lágrima resbala por su mejilla.

—Le odio —solloza.

La abrazo y le acaricio la nuca.

—Lo siento mucho. Debería haberte mantenido al margen. Nunca debería haber permitido que esto sucediera. Lo siento mucho, Kateryna.

—¿Pero ella está a salvo ahora? Dímelo, Adrian. Merezco saberlo.

Deslizo mis manos por sus brazos, y ella apoya su frente en mi pecho. No quiero contarle nada de esto. Algunas cosas son demasiado horribles incluso como para hablar de ellas. Pero le daría a Kat cualquier cosa que me pidiera ahora mismo, así que hablo a pesar del óxido en mi garganta.

—La agarraron en un aparcamiento y la llevaron a América en un buque de carga. Pasó cuatro meses en el sótano de la fábrica de sofás de tu padre, encadenada a una cama.

—La que tú quemaste.

—Sí.

—¿C-cómo se liberó?

—Seguí el rastro hasta Chicago. Conseguí un trabajo con la bratva y utilicé sus contactos para localizar la operación. Había ocho chicas allí abajo cuando las encontré.

Las lágrimas de Kat mojan mi camisa. Se aparta y se las limpia con los dedos.

—Si yo fuera tú, también querría venganza.

Es curioso, pero mi venganza, ahora que he probado un poco, me parece tan inútil ahora.

CAPÍTULO 11

Kat

El viento es helado, pero estoy envuelta en capas de mantas, acurrucada en la lancha rápida que Adrian llamó el bote auxiliar. La embarcación corta la oscuridad, alejándose del carguero.

—¿Qué pasa con los cadáveres? —grito por encima del ruido del motor.

Sé que estoy en estado de shock. No tengo claro cómo serán mis próximos cinco minutos, y mucho menos mis próximos días, pero sí sé que no quiero que Adrian vaya a prisión.

Tampoco quiero ir a la cárcel, la verdad.

—Me he encargado de ello —dice Adrian.

Corta el motor antes de que lleguemos a la orilla, así que nos deslizamos en silencio. Me ayuda a salir de las mantas y subir al muelle de madera, luego lanza su bolsa de lona. Llevo puesta su chaqueta de cuero, como la primera noche que nos conocimos. Huele a su aroma limpio y amaderado, y no quiero quitármela nunca.

Podría escapar fácilmente. Tendría ventaja y probablemente podría perderlo. Pero no quiero dejar a Adrian ahora. *No puedo* dejarlo.

Pase lo que pase, tengo que verlo hasta el final.

Observo cómo limpia el volante y las superficies del barco, eliminando nuestras huellas dactilares. Luego desembarca sin amarrar la lancha, dejándola a la deriva.

Una enorme explosión en el agua, en la dirección de la que venimos, me hace soltar un grito ahogado. No necesito ver el brillo de satisfacción en los ojos de Adrian para saber que él es el responsable. Las pruebas han desaparecido. Sus huellas borradas.

—Busquemos un hotel —dice mientras recoge la bolsa de lona.

Aparto la mirada del fuego sobre el agua y asiento. Dejo que me guíe.

—¿Dónde estamos?

—Amberes, Bélgica. ¿Qué tal tu neerlandés?

—Lo siento, ni una palabra.

—Yo tampoco —mantiene una mano en mi espalda mientras saca su teléfono y consulta la aplicación de mapas, luego pide un Uber. Quince minutos después, estamos a salvo y calientes en el asiento trasero de un coche. Adrian hurga en su bolsa, que se negó a poner en el maletero del coche, y me entrega mi bolso.

Es un gesto simple. Algo inútil, ya que dijo que había destruido mi teléfono, pero me resulta reconfortante tener mis propias pertenencias. Saco mi brillo de labios y me lo aplico.

Nos detenemos frente al Radisson Blu Astrid, y suelto una risita.

—¿Es aquí donde nos alojamos?

—*Da.* —Abre la puerta de golpe, sale y me tiende la mano para que vaya hacia él. Le sigo en lugar de salir por mi propia puerta porque me gusta la atención. Me gusta el cuidado que tiene conmigo. Y también porque Adrian es un hombre al que vale la pena seguir.

No sé si sus planes han cambiado, pero sigo manteniendo la esperanza de que esto pueda salir bien.

De alguna manera.

Cuando llegamos a la recepción del hotel, Adrian les presenta un pasaporte ruso con un nombre falso y paga con una tarjeta de crédito a juego.

—Quisiera la mejor habitación disponible, por favor —le dice al recepcionista.

—Por supuesto, señor. —La mirada del tipo se desliza hacia mí y mi sucio uniforme de colegiala. Las trenzas. Los tacones de plataforma. La chaqueta de Adrian.

El tipo piensa que soy una trabajadora sexual. Es decir, ¿quién puede culparlo? Son las cinco de la mañana y voy vestida como una *stripper* que ha estado viviendo en la calle.

Me revuelve el estómago. Lo que era divertido para la fiesta se ha convertido en algo enfermizo y repugnante ahora que sé lo del negocio de mi padre. Lo de la hermana de Adrian y las otras mujeres.

Adrian me atrae firmemente contra su costado, reclamándome como una novia preciada. Me besa la cabeza como para mostrar que somos una pareja, no un encuentro de negocios.

El recepcionista aparta la mirada y teclea en su ordenador.

—¿Cuántas noches, señor?

—Tres noches —dice Adrian con decisión, y le lanzo una mirada que él no devuelve.

—Tengo una suite junior.

—La tomaré. ¿Está disponible el servicio de habitaciones ahora?

El recepcionista mira su reloj.

—Comienza dentro de una hora. —Desliza dos tarjetas de habitación por el mostrador. —Disfruten de su estancia.

—Gracias. —Adrian me entrega las llaves. Como devolverme el bolso, se siente simbólico. Me está dando capacidad de acción. Poder.

Podría abrir la boca ahora mismo y decirle a este recepcionista que soy una prisionera, pero Adrian se arriesgó de todos modos. Podría habérselo dicho al conductor del Uber. Supongo que significa... que ya no soy su prisionera.

Los planes han cambiado.

Eso espero.

Recoge su bolsa y mantiene el brazo alrededor de mí mientras caminamos hacia los ascensores.

—¿Nos quedamos tres noches? —pregunto.

—Probablemente no. —Adrian se encoge de hombros. — Pero quería que pareciera que teníamos un itinerario.

—¿Cuál es tu trabajo en la bratva? —pregunto mientras entramos en el ascensor, pensando en cómo se deshizo de cinco hombres, voló un barco y dejó una lancha a la deriva. También que tiene un pasaporte falso y parece muy bueno en esto. Es una tontería que me impresione, pero no puedo evitarlo.

Es tan tremendamente competente.

Ha hecho todo esto para corregir las injusticias de mi padre. Sabía que era un héroe. Uno poco convencional, pero un héroe, al fin y al cabo.

—Soy el limpiador. —Apoya la espalda contra la pared del ascensor y me atrae contra su pecho.

—Tiene sentido.

—Normalmente no soy yo quien causa los líos, pero cuando lo hago, supongo que me paso. —Me lanza una mirada de remordimiento que me oprime el corazón.

Salimos en nuestra planta, y abro la puerta de la habitación. Es limpia y lujosa, y me dirijo directamente al baño.

—¡Mira esta bañera! —exclamo ante la enorme y profunda bañera.

Adrian me sigue y abre el grifo a tope, abriendo el bote de sales y espuma de baño y echándolos dentro.

—¿Vas a meterte? —pregunté.

Empieza a desabrocharme la blusa.

—Tú sí —dice.

—¿Entrarás conmigo? —pregunto mientras me desliza la blusa por los brazos.

Una emoción atraviesa su rostro. No puedo identificarla con exactitud. ¿Gratitud? ¿Dolor? Quizás una mezcla de ambos.

—¿Quieres que lo haga?

—Sí.

Me desabrocha el sujetador por la espalda, y lo dejo caer al suelo junto a mi blusa.

—Lo que necesites, Kit-Kat —murmura, deslizando sus cálidas palmas por mis brazos desnudos—. Lo que tú quieras.

—Parece lo suficientemente grande para dos. —La espuma empieza a formarse, acumulándose cada vez más alta en la bañera de mármol negro.

Tomo un puñado y lo acerco a mi nariz para inhalar el aroma de cilantro y naranja.

Adrian me baja la cremallera de la falda por detrás y me la quita junto con las bragas.

Me giro para mirarlo y levanto el borde de su camiseta, tirando hacia arriba por encima de sus abdominales cincelados, por los amplios planos de su hermoso pecho velludo, y finalmente por encima de su cabeza.

Empieza a desabrocharse los pantalones, pero yo tomo la iniciativa, deseando desnudarlo como él me ha desnudado a mí. Queriendo asumir un papel más activo esta vez. Mis fantasías son divertidas, pero esta vez se siente real. Se siente como la primera vez que Adrian y yo somos íntimos el uno con el otro. El verdadero Adrian y la verdadera yo. No una fantasía sexual pervertida. No somos captor y prisionera. No somos colegiala y profesor. No somos amo y esclava.

—Estás sexy con una pistola —le digo.

Suelta una risa sorprendida.

—Estás perturbada —dice.

Me duele, y él lo nota inmediatamente, acunando mi rostro.

—No quería decir eso —dice—. Quiero decir, lo dije de la forma más admirativa posible. Me encanta tu perversión. Me encanta que seas tú. Salvaje, divertida y libre. —Me quita la goma de uno de mis trenzas y comienza a deshacerla—. Eres hermosa, desgarradoramente hermosa. Eres la chica más encantadora que he visto en mi vida.

Contengo la respiración, temblando. Sin querer hablar por si hay más.

—Desearía... desearía que las cosas hubieran sido diferentes. Desearía no haber jodido todo esto. —Deshace la otra trenza.

Acaricio *su* rostro ahora, queriendo consolarlo.

—Bésame —digo.

Baja la cabeza infinitamente despacio, con sus labios suspendidos justo por encima de los míos, congelados en el tiempo. Es este momento capturado, el espacio entre nuestros dos cuerpos, tanto la atracción magnética como la resistencia presentes al mismo tiempo.

Como no soy la receptora pasiva esta vez, no la chica que espera a que actúen sobre ella, sino la que toma sus propias decisiones y coge lo que quiere, cierro la distancia. Agarro su rostro, lo atraigo hacia el mío y devoro sus labios. Inclino mis labios de un lado a otro, atrayendo su labio inferior hacia mi boca. Deslizo mi lengua dentro de su boca y la enredo y entrelazo con la suya.

Al principio él escucha, luego responde con fervor,

agarrando la parte baja de mi espalda con su antebrazo y tirando de mí contra su cuerpo duro. Su otra mano acuna el lado de mi cuello. Mis pezones se endurecen donde rozan sus costillas. Su polla se ensancha contra mi vientre.

Por una vez, no quiero que el sexo sea anónimo y duro por detrás. De ese tipo en el que puedo quedarme en mi cabeza con la fantasía.

No, esta vez, lo quiero lento y suave o quizás no suave; olvida lo de *suave*. Lo quiero íntimo. Mirándonos a los ojos. Abriendo nuestros corazones, mentes, cuerpos, seres el uno al otro.

Esto es amor. Esto es para lo que sirve el sexo: esta comunión de dos cuerpos. Dos personas. Dos seres que encajan de una manera en que ningún otro par de seres puede encajar.

Adrian parece querer tomarse su tiempo también, porque no me gira y me dobla sobre el borde de la bañera. En su lugar, me aparta suavemente de él y rompe el beso.

—Vamos a entrar. —Inclina la cabeza en dirección al agua y sujeta mi mano como un caballero, ayudándome a entrar en la bañera.

Me quedo de pie en el centro hasta que él entra también, entonces me siento y me acomodo en la cuna de sus piernas, recostándome contra su pecho. Sus manos enjabonadas se deslizan por toda mi piel, no realmente lavándome, solo tocando.

Frota círculos alrededor de mis pezones con sus dedos medios. Acuna mis pechos y los amasa, luego desliza una mano hacia arriba para rodear mi garganta de la manera que me encanta. Apoyo mi cabeza en su hombro intentando bloquear los acontecimientos de la noche. Intentando no preguntar qué va a pasar mañana. O más tarde hoy, supongo, ya que ya está amaneciendo.

Sus dedos bajan para rodear mi ombligo y luego acunar entre mis piernas donde mis músculos se tensan y relajan.

Cierro los ojos y me rindo a las sensaciones, dejo que Adrian me dé placer sin buscar desesperadamente un final. Separa mis pliegues y encuentra mi clítoris, al que rodea suavemente. El tiempo se detiene. Con este toque, este toque ligero y sin exigencias, renazco. Mi cuerpo vibra y zumba de placer, liberándose de la fealdad de la noche, entrando firmemente en el presente.

Finalmente, el agua se enfría, así que Adrian me ayuda a ponerme de pie y me sigue fuera de la bañera. Sostengo una toalla abierta para él, y me muestra esa rara sonrisa juvenil antes de arrebatármela y envolverme en ella. Me atrapa y me atrae contra su cuerpo.

—¿Crees que necesito que me cuiden, pequeña?

—Tú también has tenido una noche dura —ofrezco.

Me mece en sus brazos, balanceándose como si fuera un baile lento. No quiero que termine, aunque presiento que el final está cerca.

Muy, muy cerca.

Adrian me seca con la toalla y me lleva a la cama donde retira las sábanas para mí.

—Tú también te meterás, ¿verdad? —pregunto mientras me arrastro sobre la cama.

—Oh, yo me meteré. —Adrian se abalanza, derribándome de espaldas, sus labios chocando contra los míos. Cierro mis tobillos detrás de su espalda, atrayendo sus caderas hacia la cuna de las mías mientras deslizo mi lengua entre sus labios.

Apoya su peso en sus brazos y me deja sentir la cálida punta de su polla.

—Necesito buscar un condón.

—Tengo un DIU —le recuerdo.

—Estoy limpio. —Mantiene mi mirada mientras arrastra la cabeza de su polla por mis jugos. Cuando presiona hacia adelante, se mueve lentamente, como si estuviera pendiente de algún trauma.

Uso mis piernas para atraerlo, meciéndome para encontrarme con él.

Hay algo vivificante y completo en la forma en que nuestros cuerpos encajan. En cómo se sienten juntos. Necesito esto tanto como necesito el agua y el aire. Mantenemos nuestras miradas unidas mientras él se mueve lentamente dentro y fuera de mí, bajando su boca de vez en cuando para fundir nuestros labios en otro beso abrasador.

Como en el baño, no hay frenesí por terminar. Estamos comulgando juntos, presentes y entregados. Su ritmo se convierte en mi ritmo mientras nos movemos al unísono.

Entonces ya no es suficiente. Adrian se incorpora sobre sus rodillas y levanta mi pelvis en el aire, sosteniéndome firme para poder penetrarme profunda y rápidamente. Siento como si pudiera partirme en dos, y quiero que lo haga. Quiero ser consumida por él mientras devoro todo sobre este momento. Esta experiencia.

Nuestros gemidos y gritos se entrelazan, volviéndose más desesperados a medida que nos acercamos, todavía completamente sincronizados el uno con el otro.

No hay necesidad de acelerar o disminuir porque ambos llegamos al orgasmo exactamente en el mismo instante: su rugido de satisfacción se mezcla con mi grito más agudo, los dos sonidos entrelazándose en una armonía única y nuestra.

Tiemblo y me estremezco a su alrededor, sintiendo la liberación hasta la punta de los dedos de los pies.

—Adrian, oh, Dios —canto.

Él baja lentamente mis caderas de vuelta a la cama y se acurruca contra mi cuello.

—No tienes que llamarme Dios —murmura, con la risa haciendo que su voz normalmente áspera se vuelva rica y aterciopelada.

—Eres el único que me hace llegar así.

—Muy bien, entonces soy un Dios —bromea, girando

para quedar de costado. Me aparta el pelo de la cara y respiramos juntos en silencio.

—Deberías comer un poco antes de quedarte dormida —dice cuando mis ojos se cierran. Sale de mí y se levanta—. Llamaré al servicio de habitaciones.

El sonido de su voz profunda por teléfono cae como una nana a mi alrededor. Una manta en la que me envuelvo mientras me deslizo al mundo de los sueños.

~

Adrian

Kat no permanece despierta para comer, lo que molesta a esa parte de mí que necesita desesperadamente velar por su bienestar. Quiero mimar a esta chica hasta el extremo. Consentirla hasta que olvide cada una de las horribles cosas a las que la sometí.

Espero hasta que llega el servicio de habitaciones, luego como y llevo el portátil a la sala de estar, cerrando la puerta del dormitorio.

Es medianoche en Chicago, pero de todos modos envío un mensaje a Ravil. *¿Estás despierto?*

Un momento después, el portátil suena con una videollamada de Dima. Cuando la imagen se enfoca, veo a Ravil, Maxim y Dima llamando desde la oficina de Ravil.

—Adrian —dice Ravil inmediatamente—. No me gusta cuando evitas mis llamadas.

—Lo siento, *pakhan*. La he cagado.

Levanta las cejas ante esa admisión.

—¿Qué ocurrió?

Asumiendo que ya sabe todo sobre mi plan por Dima, empiezo contando lo que pasó en el barco hasta que lo hice explotar.

—¿Dónde estáis ahora? —pregunta Maxim. Está medio

vestido con una camisa desabrochada. Probablemente Ravil lo sacó de la cama matrimonial para la llamada.

—En el Radisson Blu Astrid de Amberes.

Inclina la cabeza.

—Interesante elección. Entonces aún tienes a la chica.

—Kateryna —digo. Ya no es *la chica*. No es la hija de Poval. Es mi Kit-Kat. La encantadora, salvaje, fuerte y frágil joven de la que estoy enamorado. La que tengo que dejar ir.

—Sí. Está durmiendo.

—Bien, ¿cuáles son tus pensamientos, Adrian? Imagino que enviaste el mensaje por alguna razón. —Ravil es completamente cortés, pero sé que sigo en la caseta del perro, con razón.

No respondo. Mi mente ha dado vueltas y más vueltas. Me he quedado sin planes e ideas. Solo sé que mi método no funcionó. Es hora de adaptarse.

—Estoy... listo para abortar.

Ravil levanta una ceja inexpresiva.

Maxim sonríe con suficiencia y se recuesta en su silla, cruzando los brazos sobre el pecho.

—Supe eso en cuanto dijiste *Radisson Blu Astrid*.

Me encojo de hombros.

—Quizás esto sea asunto de policía.

—*Un* asunto de policía —me corrige Ravil—. Esa táctica podría haber funcionado mejor si no hubieras volado el carguero.

—Pero has dicho que sacaste fotos de los libros de registro, ¿no? —pregunta Dima—. Envíamelas. Podría rastrearlas hasta sus cuentas bancarias. —Dima esboza una sonrisa. —Las encontré todas. Ah, y los cinco millones aparecieron en su cuenta bancaria. ¿Te lo dije? Puedo moverlo a una de nuestras cuentas de retención.

Mi corazón late con fuerza. Podría quedarme con su dinero. Solo eso sería castigo suficiente para un hombre como Poval. Aunque también le daría una razón para perseguirme, y Kateryna lo sabe todo. Mi nombre. Dónde vivo. Si se lo dice, irá a por la Bratva de Chicago, y aunque Ravil puede defenderse solo, no voy a meterlo en una guerra.

—Con respecto a eso, espera, por favor. Hasta que haya decidido mi próximo movimiento.

Dima asiente.

—Un hombre como Poval probablemente encontraría la manera de eludir el procesamiento, pero vale la pena intentarlo —dice Maxim—. Tenemos a nuestro contacto en el FBI. Podría contactar con la Interpol. —Maxim se pasa una mano por la cara. —Sin embargo, ¿vas a entregárselo a la Interpol?

—Sí. —He considerado esto. —Podría hacerlo venir aquí.

¿O dejo que el tipo simplemente quede libre? Ya no me importa lo que es justo o incluso la justicia que Nadia se merece. Estoy pensando en Kat.

Cómo sería tener a su único padre encerrado.

Aunque, no es como si realmente estuviera ahí para ella de todos modos. Ha estado sola, esencialmente, durante años. No es de extrañar que esté descentrada. Fuera de su eje.

Recuerdo mi absurda fantasía sobre llevarla a casa conmigo y construirle un taller de cerámica, y mi pecho se aprieta dolorosamente. En una realidad alternativa, viviría esa vida sin dudarlo.

Él seguirá vivo. Probablemente saldrá libre. Y ella tendrá los cinco millones de dólares que transfirió a su cuenta bancaria. Lo cual es bueno porque sus cuentas podrían congelarse por los procedimientos. Ella estaría bien.

Asiento con la cabeza.

—Lo traeré aquí.

—Me pondré en contacto con Alex —dice Ravil. El agente del FBI que una vez quiso a Ravil muerto ahora está en deuda con él—. Aunque no puedo garantizar nada.

—Entiendo. —Inclino la cabeza. —De cualquier forma, me estoy desvinculando del asunto.

—¿Está ella bien? —pregunta Ravil, de alguna manera viendo dentro de mi corazón con esa mirada láser suya.

Frunzo el ceño.

—No. No lo creo. Pero ahora está a salvo. De mí y de esos *mudaks* del barco.

—Ella siempre estuvo a salvo de ti —señala Ravil.

Pienso en sus muñecas amoratadas por las bridas. En haberla metido en el contenedor de carga. En el intento de violación al que la expuse en el barco.

—No, no lo estaba. Pero ahora lo está. —Lo mejor que puedo hacer por Kat ahora es alejarme.

Como buen ciudadano, informaré a las autoridades de lo que sé sobre Poval. Pero eso es lo peor que haré.

Cualquier cosa más sería perjudicial para mi... no, no *mi*. Ella no me pertenece. No tengo ningún derecho sobre ella. Cualquier cosa más sería perjudicial para Kat.

—¿Cómo está Nadia? ¿Alguien la ha visto?

—Por supuesto que la hemos visto —dice Ravil, clavándome una mirada dura—. ¿Crees que no nos ocuparíamos de ella mientras estás fuera?

Sacudo la cabeza.

—*Nyet.* No. Claro que no. No lo decía en ese sentido. Y siento no haber llamado. No quería arrastrar a vuestra célula... a nuestra célula... a mi lío.

—Tu lío es nuestro lío. Somos hermanos, Adrian —dice Maxim.

—No puedes evitar que tu lío nos afecte, por eso no aprecio que me mantengas en la oscuridad. —La reprimenda de Ravil es suave, pero mi respeto por él hace que me golpee directamente en el pecho.

Coloco mi puño sobre mi corazón.

—Perdonadme.

Tras una pausa, Maxim dice:

—Nadia parece estar bien. Salió con nosotros al Rue's Lounge el jueves por la noche. Puede que sienta algo por el hermano de Story, Flynn.

Rechino los dientes. Sé que es verdad. He visto cómo lo mira. Es un gran problema desde mi punto de vista. Ese chico es un mujeriego, y el corazón de Nadia ya es tan frágil. De ninguna manera voy a permitirle acercarse a ella.

—Aquí es tarde —dice Ravil—. Nos mantendremos en contacto. Contesta al teléfono si te llamo, o te lo pegaré con Superglue a la oreja cuando vuelvas.

—Lo haré... lo siento.

Termino la llamada y envío a Dima la información del libro de registros, luego mando un mensaje al padre de Kat.

Fondos recibidos. Kateryna ilesa. Recogida en Amberes 10 pm CET esta noche. Venga en persona, o no volverá a verla. Envíe un mensaje cuando llegue.

El agotamiento se apodera de mí, pero sigo adelante, bajando a la tienda de regalos del hotel que había visto para comprarle a Kat una camiseta, un jersey y un par de botas de cuero. No vendían bragas, pero le compré una loción de lujo, jabón, champú y acondicionador.

Luego regreso a la habitación y me acuesto a su lado, rodeando su cintura con mi brazo y atrayéndola hacia mí.

—Shh —murmuro contra su nuca cuando se sobresalta—. Todo está bien, *malyshka*.

—Mmm. Adrian —murmura en sueños como si yo fuera un consuelo para ella, y mi corazón se aprieta tan fuerte que pierdo el aliento.

Dejarla va a matarme.

CAPÍTULO 12

Kat

Me despierto a las dos de la tarde. Habría despertado antes, pero cada vez que me movía, la comodidad del pesado brazo de Adrian rodeando mi costado me hacía volver a quedarme dormida de inmediato.

Dios, nunca había dormido con un chico antes de él.

He tenido sexo, mucho, desde el momento en que aterricé en Inglaterra, pero nunca me quedé a dormir. No podía mientras estaba en el dormitorio de la escuela, y desde que vivo sola solo he tenido encuentros casuales. Sin novios. Nadie familiar en mi cama, abrazándome como si perteneciéramos juntos.

Me resulta delicioso. Incluso me gustó en el barco cuando estábamos como sardinas en una única litera. Salgo de la cama y voy descalza al baño. Adrian me sigue; aparentemente, sigo siendo su prisionera. O quizás ha decidido que ya no hay nada que ocultar entre nosotros.

—¿Tienes hambre? —pregunta, apoyando el hombro en el marco de la puerta—. Debes estar famélica.

Amo a este chico. De verdad. Amo cómo me cuida. Cómo piensa en mis necesidades.

—Sí —admito—. Estoy muerta de hambre.

—Pediré servicio de habitación. ¿Qué te apetece?

—Un sándwich —digo—. Y té. No he tomado té en días.

—Te conseguiré té —promete y retrocede.

Tan pronto como se va, extraño su presencia. Hemos estado en espacios reducidos desde el miércoles por la noche. Estoy empezando a sentir que no puedo respirar si no está a mi lado. Uso el baño, me cepillo los dientes y luego me meto en la ducha. En ella, encuentro todo lo que podría pedir. Una maquinilla de afeitar nueva, botellas grandes y completas de champú y acondicionador y un buen limpiador facial. No del tipo pequeño de hotel. No, Adrian tuvo que haber comprado estos.

Sonrío y grito:

—¡Gracias por el acondicionador!

Oigo el murmullo de la voz profunda de Adrian, pero no me está hablando a mí. Debe estar al teléfono con el servicio de habitación.

Me tomo mi tiempo en la ducha, pensando en ponerme guapa para Adrian. Me afeito las piernas, las axilas y la zona del bikini. Me lavo el pelo dos veces y lo acondiciono a fondo. Todo el tiempo canto "Grace Kelly" de Mika. La que había usado para intentar volver loco a Adrian en su casa. La canto a pleno pulmón. Es una invitación, y finalmente, la acepta. Aparta la cortina de la ducha con una sonrisa en su rostro.

—¿Dijiste algo sobre inclinarte? —pregunta.

—¡Estabas escuchando!

—Siempre escucho, *malyshka*. —Se quita la ropa y entra en la ducha conmigo.

—¿Vas a inclinarme y follarme en la ducha? —pregunto esperanzada, deslizando mis manos por sus pectorales.

—Oh, definitivamente voy a inclinarte y follarte en la ducha —promete, acercándose con oscura intención—. Voy a hacerte todo tipo de cosas sucias.

Me quedo sin aliento.

—¿Como qué?

—Date la vuelta —ordena.

Me giro y miro hacia la pared, colocando mis manos en los azulejos como si estuviera siendo arrestada.

Engancha su antebrazo bajo una de mis rodillas, levantándola hacia un lado, de modo que estoy de pie sobre una pierna, abierta para él.

—He necesitado penetrarte en esta posición desde que me diste un pequeño espectáculo en mi baño. ¿Recuerdas eso?

—Lo recuerdo. —Sonrío para mí misma.

—¿Es esto lo que querías, *dietka*? —Se posiciona en mi entrada.

—Sí —admito, girándome para mirarlo por encima de mi hombro. Es tan guapo, tan fuerte y robusto. Es reconfortante simplemente estar con él. Tener su atención brillando sobre mí. Cada indignidad que he sufrido desde que lo conocí ha valido la pena. No cambiaría ni un minuto de ello. Quizás sea la parte masoquista de mí hablando, pero no me importa.

Me siento bien cuando estoy con Adrian. No tan desequilibrada. Tan inestable.

Me hace sentir... centrada.

Si pudiera quedarme contigo, Kateryna, te construiría un estudio de arte.

Quiero preguntarle cuál es su plan ahora. Siento que algo ha cambiado en él. Pero tengo miedo de la respuesta. Miedo a perder esta esperanza naciente en mi pecho. Esta fantasía de que podríamos tener un futuro. Que me llevará a Chicago y me presentará a su hermana. Que me construirá ese estudio de arte.

Es una tontería, pero no quiero dejarlo ir.

Todavía no.

Adrian se introduce en mí, apoyando su brazo libre contra la pared junto al mío mientras mueve sus caderas hacia dentro y hacia arriba. Nuestros cuerpos ya se conocen. El ritmo llega fácilmente. Mi cuerpo está receptivo al suyo, necesitado de su toque agresivo. El agua caliente de la ducha ha llenado la habitación de vapor, y me mareo por el calor que se acumula en mi interior.

Estiro la mano entre mis piernas y agarro la base de su polla, haciendo un anillo con mis dedos para que se deslice a través mientras él entra y sale de mí.

Su respiración se entrecorta, se vuelve gruñona. Me penetra más fuerte. Más rápido.

—Eres tan ardiente, Kateryna. Tan sexy. Quiero darte todos los orgasmos que hayas deseado.

Esa simple expresión es todo lo que necesito.

Mis músculos íntimos se contraen alrededor de su polla, agarrando y soltando mientras me corro.

Adrian maldice en ruso y embiste más fuerte. Grito de placer mientras las luces danzan ante mis ojos. Estoy mareada y desequilibrada, pero no importa.

Adrian me sostiene, y sé con toda certeza que no me dejará caer.

Él grita, y sus movimientos se vuelven espasmódicos hasta que se hunde profundamente, con su polla pulsando mientras su semen caliente me llena. Me corro de nuevo en el clímax más satisfactorio de mi vida.

Adrian me sostiene mientras jadeamos juntos, luego cambia el agua a fría hasta que recupero el equilibrio. La cierro completamente y salgo, apresurándome para ganarle en coger la toalla. Riendo cuando me la arrebata de las manos y la mantiene abierta para mí.

—Lo próximo será que me abras las puertas —bromea,

dejando caer un beso en mi frente mientras me envuelve como un *pierogi* en la toalla.

Suena un golpe en la puerta.

—Quédate aquí, *malyshka* —me dice, enrollándose otra toalla alrededor de la cintura antes de salir del baño. Le oigo abrir la puerta y hablar con el empleado del hotel que trae nuestra comida.

Solo me pregunto brevemente qué pasaría si saliera. ¿Adrian ya no tiene miedo de que pida ayuda? ¿Sabe que ahora no huiría de él?

Espero hasta que oigo cerrarse la puerta y luego salgo y me dirijo directamente, aún desnuda, hacia la comida.

La sonrisa de Adrian es indulgente mientras se pone unos calzoncillos bóxer limpios. Le envidio por tener ropa limpia que ponerse.

—Si sigues paseándote desnuda, *dietka*, vas a conseguir que te follen otra vez.

Quito las tapas plateadas de los platos.

—Oh. Vaya. Eso sería un verdadero suplicio —le miro, mordiéndome el dedo meñique—. Lo haces tan mal y todo.

—La comida tiene tan buena pinta que casi lloro. Cojo la mitad de un sándwich y como de pie, sin siquiera poder decidir cómo o dónde sentarme primero.

Adrian se pone una camisa de manga larga y unos pantalones, luego me trae una bolsa de compras con asa.

—Te he comprado algo de ropa. —Saca una camisa de aspecto caro y, en lugar de dármela, me la pone por la cabeza.

No sé por qué me hace derretirme, pero lo hace. Me gusta cuando me cuida. Dejo el sándwich el tiempo suficiente para meter los brazos por las mangas, y luego él sostiene unas mallas para que meta las piernas.

—¿Dónde has encontrado esto? —pregunto con la boca llena.

—Abajo.

—Ha sido muy amable por tu parte.

—Era necesario —gruñe—. No amable.

—Lo que tú digas —sonrío con suficiencia tras mi sándwich.

—También hay un jersey. Puedes ponerte mi chaqueta cuando salgamos.

—¿Adónde vamos? —Le doy otro bocado gigantesco al sándwich.

Realmente no espero que me responda porque nunca lo hace, pero me sorprende.

—A comprarte un abrigo.

Oh. ¿Vamos a comprar juntos? Las cosas realmente han cambiado.

El recelo se desprende del retoño de esperanza que estoy nutriendo, pero lo ignoro. No quiero cuestionar el futuro. El presente es demasiado hermoso para estropearlo con eso.

Adrian coge los platos de comida y los coloca en la mesa junto a la ventana, apartando una silla para mí.

—Siéntate, Kit-Kat. Me sentaré contigo. —Toma el asiento opuesto.

Es algo tan simple, pero me hace increíblemente feliz. Estoy en mi mundo de fantasía: Adrian y yo somos pareja. Así sería si viajáramos juntos. Nos alojaríamos en hoteles de lujo y pediríamos servicio de habitaciones. Nos sentaríamos uno frente al otro y nos haríamos sonreír.

Me envuelvo en esta sensación. La calidez y la perfección. La sensación de estar centrada.

Una parte de mí sabe que no durará, pero ignoro firmemente ese pequeño pensamiento.

Por este momento, voy a deleitarme con la atención del hombre del que me he enamorado perdidamente.

ADRIAN

No puedo hacerlo.

Voy a abandonar este proyecto por completo. Nada de Interpol. Nada de venganza personal.

Kat merece estar completa, y derribar o matar a su único progenitor solo la desequilibraría aún más.

Después de comer, me ocupo rápidamente de atar cabos sueltos mientras ella está en el baño cepillándose el pelo y preparándose.

Luego saco a Kat. Finjo que es por ella, porque necesita salir después de estar encerrada durante cuatro días, pero en realidad es por mí.

Estoy saboreando estas últimas horas con ella.

Primero la llevo a la calle Meir para comprar. Encontramos un precioso abrigo rojo de lana y se lo compro, pero ella se niega a ponérselo.

—No quiero quitarme tu chaqueta. —Se abraza a sí misma como para evitar que se la quite. —Huele a ti y me hace sentir segura.

Mi cuerpo se licúa en un cálido jarabe.

—Oh. —Parpadea mirándome, paralizada. —¿Pero tienes frío? —Es ridículamente adorable.

—No. Soy de Rusia, esto no es frío para mí. Quédatela puesta, *malyshka*.

Después de la calle Meir, nos dirigimos al distrito de los diamantes donde le compro un pendiente de diamante rosa para reemplazar el pequeño aro dorado que lleva en la nariz.

Nos sentamos en un restaurante pintoresco para cenar. Durante todo el tiempo, memorizo el rostro de Kat. Su sonrisa. Su exuberancia que se enciende y se apaga en un patrón caótico.

Pido café y postre, luego envío un mensaje desde su teléfono, el que volví a montar mientras ella estaba en el baño. Dejo el teléfono en el asiento a mi lado.

—Tengo que salir para hacer una llamada. Tú quédate aquí. —Es una orden, pero suave. Ella escudriña mi rostro mientras me levanto. Doy un golpecito en la mesa. —No te vayas, *malyshka*.

—No lo haré —promete, y le creo.

Eso, más que cualquier otra cosa, es lo que hace que mi pecho se agriete de dolor mientras me alejo, para no volver a ver nunca más a la hija de Leon Poval.

CAPÍTULO 13

K at

Llevo quince minutos sentada en el reservado junto a la ventana del restaurante antes de empezar a impacientarme. Me he tomado el café y me he comido la tarta de chocolate, y Adrian todavía no ha vuelto.

Es una grosería.

Me aferro a mi indignación durante otros diez minutos antes de que empiecen a invadirme los recelos.

Adrian me ha dejado aquí.

No, no, no lo ha hecho. Seguro que no. Me dijo que me quedara.

¡Dios mío! ¡Me ha abandonado por completo!

Suena un teléfono en nuestra mesa y doy un respingo. Miro debajo de la mesa. En la bolsa de la compra. Finalmente, lo veo en el asiento de Adrian.

Contengo la respiración cuando me doy cuenta de que es el mío.

Me ha dejado mi teléfono.

¡Quizás sea él!

Agarro el teléfono y deslizo antes de ver quién llama.

Mi padre.

—¿H-hola? ¿Papá?

—Kateryna —espeta mi padre—. ¿Estás bien?

Mis ojos se llenan de lágrimas, aunque ni siquiera estoy segura de por qué estoy llorando.

—Sí. —No sueno convincente.

—¿Dónde estás? Pásale el teléfono.

Miro alrededor, como si esperara encontrar a Adrian cerca, pero por supuesto, no está en ninguna parte.

Me ha abandonado.

¿Es esto una trampa? ¿Está Adrian escondido en algún lugar cercano, para poder matar a mi padre cuando llegue?

Ni siquiera puedo pensar con claridad. Mi mente está confusa, y un lento palpitar ha comenzado en mis sienes. Lo peor de todo es un creciente pánico que hace que mis palmas se enfríen y humedezcan y que mi corazón se acelere.

—N-no estoy segura. Eh... me alojo en el Radisson Blu Astrid. Habitación 434. Te veré allí. —Termino la llamada antes de que pueda responder y me levanto de la mesa.

Necesito salir del restaurante antes de empezar a llorar. Cojo la bolsa de la compra y mi bolso y busco una tarjeta de crédito mientras me dirijo tambaleándome hacia la puerta. Se la entrego a nuestro camarero cuando se acerca apresuradamente.

—El caballero ya se ha ocupado de la cuenta —me dice con suavidad—. Me pidió que le diera esto.

Me entrega una nota doblada, que arrebato y sostengo con dedos temblorosos como si fuera mi salvación.

—Gracias. Muchísimas gracias —digo sin aliento, saliendo precipitadamente del restaurante.

Una vez fuera, trago aire frío, intentando calmar mi acelerado corazón. Abro la nota y me sitúo bajo una farola para leerla.

Kat,

Siento mucho la tortura por la que te he hecho pasar. Fue un error involucrarte, y lamentaré cómo te traté hasta el día de mi muerte.

No espero tu perdón, pero quiero que sepas que, por ti, he detenido mi venganza contra tu padre. Me has cambiado a mí y has cambiado mi corazón.

Sabes mi nombre y dónde vivo. Haz lo que necesites hacer.

Pensaré en ti haciendo piezas de cerámica. Encontrando tu centro. Siendo la brillante y hermosa tú.

Te llevaste mi corazón, y no lo quiero de vuelta.

-A

—Adrian —susurro, presionando la nota contra mi pecho mientras las lágrimas corren por mis mejillas—. Me has dejado.

Ahora sé que Delaney tenía razón: tengo problemas de abandono.

Porque realmente no debería sentir como si me acabaran de arrancar las extremidades del cuerpo. Nada, *nada*, ha dolido tanto como esto.

Sé que la nota estaba llena de amor. Era una disculpa y un homenaje. Pero no quiero nada de eso.

Solo quiero que Adrian vuelva.

¡Maldito sea! ¿Cómo ha podido hacerme esto? ¿De verdad podría pensar que dejarme era un regalo?

Supongo que el regalo es que mi padre siga vivo. Y Adrian no podía quedarse con mi padre aún vivo.

Mi estómago se revuelve pensando en qué voy a hacer con mi padre.

Haz lo que necesites hacer.

Cómo si fuera tan fácil. No hay manera de que vaya a revelar la identidad de Adrian a mi homicida padre.

Mi homicida padre traficante de personas para explotación sexual.

Uf. Ni siquiera quiero volver al hotel. No sé cómo voy a

mirar a mi padre a los ojos sin querer vomitar. Encuentro un banco para sentarme, para poder recomponerme y pensar. Necesito conseguir un taxi o un Uber. Necesito preparar bien mi historia.

Desbloqueo mi teléfono para pedir un coche, y veo que los mensajes de texto están abiertos. Todo un hilo entre Adrian y mi padre. Las fotos mías. Sus exigencias. Las respuestas de mi padre.

Los leo todos.

¿El dinero entró en mi cuenta? Abro la aplicación del banco para comprobar el saldo y contengo la respiración.

Casi cuatro millones de libras.

Todavía está ahí. Adrian no se lo llevó. Debería haberlo hecho... será más difícil para mí inventar una historia sobre mi captor cuando...

Espera.

Releo los mensajes. Una sensación de mareo y náuseas me invade mientras considero mi última idea.

Sí... podría funcionar. Mi padre se pondrá furioso, pero es mejor que perseguir a Adrian.

Abro la aplicación de Uber y pido un coche.

Puedo hacerlo. Tomo una respiración temblorosa, la contengo y la suelto lentamente contando hasta diez, tal como Delaney me enseñó.

Puedo hacerlo perfectamente.

ADRIAN

—Necesito el primer vuelo a Chicago.

Estoy en el aeropuerto. Después de dejar a Kat en el restaurante, volví para recoger mi bolsa del hotel y me dirigí directamente aquí. Hay un agujero en mi corazón del tamaño de un tronco de árbol, y la distancia parece la mejor solución.

Además, Leon Poval probablemente ya está rastreando la ciudad en búsqueda de mí. Es curioso cómo hace una semana esa habría sido la mejor noticia posible. Pero ahora que he decidido dejarlo intacto, es un gran problema.

Un problema peor será si aparece en Chicago. Pero me ocuparé de eso cuando suceda.

Corrección: nos ocuparemos de eso. La bratva me respaldará. Y no lloraría demasiado si uno de ellos tuviera que eliminar a Poval ya que yo no podría hacerlo en buena conciencia.

—El primer vuelo que tenemos es mañana a las ocho a. m.

Mierda. Esperaba algún vuelo nocturno para esta noche.

—Lo tomaré —digo mientras entrego un pasaporte y una tarjeta de crédito diferentes a los que usé en el hotel, y recojo los billetes. Considero pasar la noche en el aeropuerto, pero parece que podría llamar la atención, así que me voy y tomo un taxi hasta el hotel más cercano.

Llego y lanzo la bolsa de lona sobre la cama y camino en círculos con las manos en la cabeza. No quiero estar aquí. La habitación del hotel me recuerda a Kat. Todo me recuerda a Kat.

Debería haberme quedado en el aeropuerto. Me merezco la incomodidad de dormir sentado en una butaca de aeropuerto.

Camino por la pequeña habitación dando vueltas hasta que me choco contra una pared y me golpeo la frente contra ella.

¡Joder!

Hice lo correcto. Lo sé. Debería sentirme mejor de lo que me siento.

Ni siquiera me importa mi venganza. No siento que haya defraudado a Nadia, aunque lo haya hecho. Excepto que ahora sé que no lo hice por ella. Ella no necesitaba que yo hiciera esto. Puede que me contara esa historia a mí mismo, pero no era cierta. Emprendí este viaje de mierda por mí mismo. *Yo* me sentí violentado por Poval en nombre de mi hermana, y *yo* era quien quería venganza.

Fue un estúpido proyecto glorificado de macho alfa que no arregla ni endereza nada para Nadia.

Lo único que hice fue herir a Kat.

Pero ella tuvo la última risa.

Porque ahora mismo, siento como si una granada hubiera explotado en el centro de mi pecho, dejando toda la cavidad abierta. Desgarrada. Sangrando. Sobre todo, vacía.

Me permito fantasear un poco con volver a ver a Kat. Quizás iría a Liverpool. No dejaría que me viera; haría un mejor trabajo siguiéndola esta vez. Pero solo podría verla. Estar cerca de ella. Saber que está bien. Tal vez intervenir si alguien volviera a meterse con ella.

Gospodi, qué estupidez.

Por supuesto que no voy a ir a Liverpool.

No puedo volver a ver a Kat nunca más, y esa es la parte que me está matando.

Ravil llama, y contesto.

—Realmente has respondido a mi llamada. —Va a seguir dándome la lata con esto durante un tiempo. —Interpol quiere la ubicación de Poval —me dice—. Acabo de enviarte por mensaje el número de teléfono de la persona con quien deberías contactar. Lo buscan en Ucrania, Italia y Rumanía. Además, Estados Unidos presentaría documentos de extradición para llevarlo allí por cargos de trata sexual.

—Voy a dejarlo ir.

Ravil guarda silencio un momento. Espero a que me eche la bronca por el peligro en que puse a nuestra célula por la forma en que manejé esto, pero todo lo que dice es:

—Tu decisión.

—Gracias. Ya la tomé.

—Si cambias de opinión, Interpol sabe que está en Amberes y están esperando tu llamada.

—No cambiaré de opinión.

—De acuerdo. ¿Qué necesitas de nosotros, Adrian?

—Dejé ir a Kateryna. Vuelvo a casa en el primer vuelo de la mañana.

—Entonces te veremos mañana.

—Sí. *Da skorava.* —Termino la llamada.

La pesadez en la boca del estómago no ha disminuido ni un poco.

La idea de volver a casa, o a lo que se ha convertido en casa, debería ser un alivio. Nadia me necesita. Estaré con mis hermanos de la bratva. Pero ni siquiera puedo imaginarme allí.

He cambiado tanto en los últimos cuatro días. Kat me cambió. Y ni siquiera sé cómo voy a sobrevivir un día sin ella.

*K*AT

En el Uber de camino al hotel, me quito la chaqueta de cuero de Adrian y me la acerco a la cara para respirar su aroma. Al menos tengo esta cosa suya para recordarle.

La meto en la bolsa de compras y me pongo la nueva antes de salir.

En el hotel, encuentro la puerta de nuestra habitación entreabierta y la habitación llena de hombres. Seis pistolas giran y me apuntan.

Dejo caer la bolsa de compras y levanto las manos al aire.

—Tranquilos, chicos —digo en mi lengua materna.

Mi padre está sentado en las sombras, en la silla junto a la ventana.

—Papá.

Hace una señal a sus hombres, y dos de ellos me empujan al pasar al pasillo para inspeccionarlo.

—¿Dónde está él?

—Oh, verás, esa es la cuestión. —Me echo el pelo hacia atrás y entro como si fuera la reina del castillo. —No hay ningún *él*.

Los ojos de mi padre se entrecierran.

—¿De qué estás hablando?

—Necesitaba saber por mí misma si era cierto.

—¿Qué son estos acertijos? —espeta.

—Traficas sexualmente con mujeres. Lo descubrí todo. —Nada de esto es mentira, y dejo que mi disgusto y amargura se muestren como furia, aunque estoy temblando de miedo. Este no es mi comportamiento habitual con mi padre. Puedo ser petulante y caprichosa, pero eso seguía viniendo de una falta de poder.

Esta es la primera vez que me encuentro con mi padre como una igual. Una mujer, no una niña. Por primera vez, no temo perder su amor, un amor que probablemente nunca tuve en primer lugar.

—Quería que vieras cómo se sentía creer que tu propia hija estaba siendo maltratada de la misma manera que lo son esas mujeres.

Mi padre se levanta de golpe, y me cuesta todo no estremecerme. La verdad es que, por mucho que desesperadamente quería que este hombre me amara, por mucho que me enfurruñara y comportara como una malcriada y jugara el papel opuesto de niña buena, en el fondo, estoy aterrorizada de él.

Le he visto matar a un hombre delante de mí. No recientemente; fue hace años cuando era muy pequeña: uno de sus hombres le enfureció, y le cortó la garganta en nuestro salón. Mi madre me había agarrado y nos encerró a las dos en un baño hasta que mi padre se disculpó y prometió que nunca dejaría que su mujer o hija volvieran a ver violencia en su hogar. Creo que compartimenté ese incidente porque no sabía cómo reconciliarlo con el hombre que necesitaba en mi vida para sobrevivir.

Ya no le necesito. Honestamente, ya no le quiero. Si Adrian se hubiera tomado el tiempo de preguntarme qué quería, podría habérselo dicho. Si piensa que perdonarle la vida a mi padre fue un regalo para mí, está equivocado.

Ahora me acecha y agarra mi nuevo abrigo para sacudirme.

—¿Qué estás diciendo? —grita.

Le sonrío como si estuviera orgullosa.

—Me secuestré a mí misma —le digo.

Suelta la chaqueta y me abofetea con el dorso de la mano. Caigo al suelo, con un dolor que explota en mi mejilla. Estoy tanto sorprendida como no sorprendida. Nunca me había pegado antes, pero ciertamente sabía que era capaz de hacerlo.

Decidida a no quebrarme, me aferro a mi indignación y me pongo de pie como puedo.

—¿Cómo te sentiste? —exijo saber.

—Dejadnos —ordena mi padre a sus hombres—. Id al hangar. —Salen en fila de la habitación, cerrando la puerta tras ellos.

No sé decidir si es mejor o peor estar a solas con él.

Me abofetea de nuevo, esta vez con la mano abierta, y me doy cuenta de que mi antigua vida por fin se ha desmoronado completamente. Nunca podré volver a ser esa chica necesitada y sin amor que actuaba de forma rebelde para llamar la atención de su padre. Esto es todo. Ya soy adulta.

No tengo ni idea de cómo saldré de esta.

CAPÍTULO 14

*A*drian

Dormir parece imposible esta noche, así que recorro la habitación del hotel un rato más antes de pensar en llamar a Nadia y hacerle saber que estoy de camino.

—Hola Adrian —dice ella en inglés. Bien, está practicando el idioma. Eso será un gran paso para que se sienta más cómoda en Chicago.

—Hola. ¿Cómo estás?

—Todo bien por aquí. ¿Y tú?

—Regreso mañana.

—Entonces... ¿qué pasó? ¿Lo... terminaste?

Me siento en la cama y apoyo los codos en las rodillas.

—Ah... no. No, no lo hice, Nadia. —Me aclaro la garganta. —Voy a dejarlo pasar. —La culpa y la vergüenza me invaden por ambos lados.

—¿Qué pasó, Adrian?

—No, no pasó nada. Todo está bien.

—Adrian, ¿puedes hacer algo por mí?

Trago saliva para deshacer el nudo en la garganta.

—Sí, lo que sea.

—Deja de mentir. Sé que algo pasó, y sé que algo va mal. No soy tan frágil como para que tengas que protegerme. Merezco saber qué está pasando.

Mi corazón late dolorosamente contra mi esternón.

—Sí. Tienes razón. Vale... —Tomo una respiración profunda y la suelto, pasando los dedos por mi pelo con frustración. —Tenía una pista sobre Leon Poval. Tiene una hija que tiene más o menos tu edad viviendo en Inglaterra.

Nadia aspira con sorpresa, pero no dice nada.

—Yo, eh, la secuestré.

—¿Qué? ¡Adrian! ¡Dios mío, estás loco! ¿Cómo pudiste hacer...

—No le hice daño, Nadia. Quiero decir, solo planeaba hacer que Poval pensara que estaba en peligro, para que viniera a rescatarla, pero, eh...

—Entraste en razón.

Un suspiro de alivio me invade al ver que me entiende.

—Sí. Exactamente.

—¿Dónde está ella? —pregunta Nadia—. ¿Está contigo?

Un nuevo dolor se filtra por todos lados.

—No. La devolví a su padre.

—¿Está segura con él?

Una serpiente fría y viscosa se mueve por mi estómago. *¿Lo está?*

Es su hija, así que por supuesto que sí. Sin embargo, los recuerdos de todas las cosas que ella dijo sobre él vuelven a mi mente, especialmente la última, cuando se derrumbó al darse cuenta de que probablemente él había matado a su madre.

¿Está segura con él?

La pregunta retumba en mi cabeza, y con cada segundo que pasa, la conciencia me invade. ¿Y si la dejé en la guarida del león? Pensé que le hacía un favor, pensé que la devolvía a un lugar seguro. Pero en realidad, no está segura con ese hombre. No emocionalmente. Tal vez ni siquiera físicamente. Después de todo, ella sospecha que él mató a su madre.

Quizás no le hice ningún favor dejándolo libre.

—No lo sé —logro decirle a Nadia. Mi voz suena ahogada—. Joder, espero que sí.

—Te importa esta mujer, ¿verdad?

No sé cómo Nadia fue capaz de leer eso en mis palabras. Pero lo admito.

—Sí.

Y porque es Nadia, que ha mostrado tanta vulnerabilidad en el último año solo contando sus historias, estoy dispuesto a decirle lo que apenas me he admitido a mí mismo.

—Creo que me he enamorado.

—¿Crees, o sabes?

—La amo, Nadia. Y lo he jodido todo.

—Adrian, tienes que volver y luchar por ella —dice Nadia con total claridad. De hecho, suena más fuerte y segura de sí misma de lo que la he oído en años. Como si esto fuera lo único que sabe. Me inclino a creerle. Desde luego, sé que confiar en mi propio plan no ha salido bien.

—Sí. Debería... debería al menos asegurarme.

—Arréglalo, Adrian.

—Pensaba que ya lo había hecho —me lamento mientras me pongo las botas—. Pero se siente todo tan mal.

—Lo resolverás. No vuelvas a casa hasta que estés seguro, ¿vale? Estoy bien aquí. Tengo una rutina y... amigos.

Mi pecho se tensa. Es la primera vez que llama amigos a las personas de nuestro edificio, y estoy tan agradecido de que se sienta así.

—Vale, te llamaré más tarde.

—Dile que la quieres —grita Nadia cuando estoy colgando.

No sé si ella quiere eso. Pero necesito saber que está bien.

Puse una aplicación de rastreo de ubicación en su teléfono antes de devolvérselo. La abro ahora. Está de vuelta en el Radisson. Tal vez me acerque allí, solo para ver que todo está bien. Seguro que lo está. Poval es su padre, después de todo. No le haría daño. ¿Por qué lo haría?

Sin embargo, algo me hace bajar corriendo por las escaleras en lugar de usar el ascensor. Ya estoy abriendo una aplicación de viajes compartidos en mi teléfono, pero cuando salgo, encuentro un taxi dejando a alguien del aeropuerto, y me subo de un salto.

—Lléveme al Radisson Blu Astrid —le digo.

El taxista gruñe en señal de reconocimiento y se mueve rápidamente por las calles tranquilas y oscuras. Salto del taxi en el hotel. El portero me reconoce y me abre la puerta.

Dentro, tomo el ascensor, sabiendo lo estúpido que es esto. Si Poval o alguno de sus hombres me ven aquí, me matarán. Ni siquiera tengo un arma; tiré la pistola en un cubo de basura de camino al aeropuerto porque sabía que no podría pasarla por el control de seguridad.

Sin embargo, no puedo dar marcha atrás.

Cada vez que pienso en Kat, el pánico sube por mi garganta.

Salgo del ascensor, con todos mis sentidos alerta. No hay nadie en el pasillo. Me acerco sigilosamente a la habitación. Probablemente no haya nadie aquí. Tal vez ya hayan abandonado el país. Poval probablemente tiene un avión privado.

Entonces oigo un grito de dolor desde nuestra habitación, y me precipito hacia delante.

¡Kat!

Todavía tengo la tarjeta de la habitación ya que nunca llegué a registrar la salida, y ahora la saco rápidamente de mi bolsillo trasero y la acerco a la cerradura.

La cerradura parpadea con una luz verde, y abro la puerta

de par en par. Kat está de rodillas, con la cara amoratada y ensangrentada. Su padre la tiene agarrada del pelo.

Su atención se fija en mí abruptamente.

Tengo el factor sorpresa de mi lado y lo aprovecho, lanzándome contra Poval y derribándolo al suelo. Grita algo en su lengua materna. Le golpeo la cara con el puño, rompiéndole la nariz y saltándole los dientes.

Oigo la voz de Kat, y alimenta mi furia. No puedo distinguir lo que dice, solo sé que el muy cabrón la ha herido. Merece morir.

Pelea conmigo, pero es bajito, mayor y tiene una gran barriga. Está claramente fuera de forma.

—¿Te gusta hacer daño a las mujeres? —siseo.

—¡Tiene una pistola! —grita Kat. Lucho contra él por ella, golpeando su muñeca contra el suelo hasta que suelta el arma.

Ella la recoge y la apunta a su cabeza.

Poval le ladra algo a Kat en ucraniano, y su labio se levanta en una mueca de desprecio.

—¿Dónde. Está. Mi. Madre? —Ni siquiera reconozco su voz, cargada de tanto veneno. Ha desaparecido la chica salvaje y bulliciosa que conocí hace pocos días. Esa que ni yo ni nadie en su camino podía mellar.

Esta está asumiendo su dolor. Abrazándolo. Usándolo para alimentar una tormenta de fuego.

Busco en mi bolsillo una brida mientras ella le propina una patada en las costillas a Poval.

—Te he hecho una pregunta, viejo. ¿Dónde está?

Él escupe sangre y le dedica una sonrisa desagradable.

—En su tumba.

Kat intenta disparar, pero el seguro está puesto. Poval se estremece, aparentemente sorprendido de que ella realmente quisiera matarlo.

—*No*. No, *malyshka*. —Volteo a Poval boca abajo y le tiro

de las muñecas hacia atrás para atárselas con la brida—. No tienes que hacerlo. Interpol lo busca. No quedará libre.

Le ato los tobillos con otra brida, luego lo arrastro hacia la cama y fijo sus muñecas al armazón de la cama.

Kat no baja la pistola. La mantiene apuntando a Poval con manos temblorosas, sus ojos brillantes con lágrimas contenidas, su boca en una línea sombría.

—Dame la pistola, cariño. Por favor. —Me levanto y extiendo la mano.

Ella no aparta la mirada de su padre.

—Nos iremos. Tú y yo. Juntos, si me aceptas. Dame la pistola, y podemos marcharnos. Si le disparas las cosas se complican. Por favor, *malyshka*. Dámela.

Permanece indecisa otro momento, pero cuando me muevo lentamente para quitársela, la suelta y cae en mis brazos.

—Eso es, Kit-Kat. Ahora estás libre de él. Ambos estamos libres. Nos tenemos el uno al otro.

Levanta su rostro hacia mí, y cuando veo el moratón floreciente en su pómulo y el labio hinchado, casi me arrepiento de mi decisión de no dejarla matarlo.

Excepto que no quiero que viva con eso, ni puedo pedirle que viva conmigo si soy yo quien le dispara.

Peor que todos los moratones es el dolor que brilla en sus ojos.

—Me dejaste —dice con labios temblorosos.

—Un error —suelto, increíblemente aliviado de tenerla en mis brazos otra vez—. Un gran error de mierda. Fui estúpido. Nunca debería haberme marchado.

Intenta apoyar su mejilla contra mi pecho, luego hace una mueca de dolor y cambia de lado.

Su padre escupe algún tipo de vitriolo hacia nosotros, pero no puedo entenderlo.

El cuerpo de Kat tiembla contra el mío. La mantengo

abrazada mientras envío un mensaje al número de Interpol que me mandó Ravil con el hotel y el número de habitación, y una foto de Leon Poval.

—Salgamos de aquí. —Me guardo la pistola en la cintura por detrás y recojo mi chaqueta de la bolsa de compras tirada de lado junto a la puerta. Tomo su mano para sacarla de la habitación.

—Sus hombres están en el hangar —dice cuando cerramos la puerta tras nosotros.

—Se lo diré a Interpol. —Envío otro mensaje al número con esa información. —Aunque prefiero irnos antes de que lleguen. —La conduzco al ascensor, y una vez dentro, la atraigo hacia mí nuevamente.

—¿Por qué te estaba haciendo daño, Kat?

Levanta la barbilla.

—Le dije que me había secuestrado a mí misma.

—Kat. —Suspiro, consternado. —No deberías haberlo hecho.

Sus labios vuelven a temblar.

—¿De verdad creíste que le daría tu nombre?

Le aliso el pelo donde Poval lo había despeinado.

—No —digo suavemente—. Pero no te habría culpado si lo hubieras hecho.

—Podría perdonarlo todo, Adrian —dice, con los ojos brillantes de lágrimas otra vez—, excepto que me dejaras.

Mi corazón da un vuelco, tropieza y luego se acelera.

—Nunca más —juro.

—Se suponía que debías quedarte conmigo.

—*Me estoy* quedando contigo —digo inmediatamente—. Te llevo conmigo a Chicago. Tendrás tu estudio de arcilla donde podrás enseñarme a centrarme.

—Adrian. —Suena destrozada.

—Lo siento, Kateryna. Quería arreglar las cosas, pero también lo estropeé.

—¿Te quedas conmigo? —Está haciendo ese puchero lloroso que me inunda de amor.

La tomo en mis brazos cuando se abren las puertas del ascensor.

—Sí. Para siempre. ¿Te quedas tú conmigo? —Salgo a grandes zancadas.

Apoya su cara contra mi cuello, sus delgados brazos rodeando mis hombros.

—Yo no me quedo con nadie. Se quedan conmigo.

—Claro, por supuesto —le tranquilizo—. ¿Me permitirás quedarme contigo? —El portero mantiene la puerta abierta para mí y sonríe, sin ver los moratones de Kat.

—¿Puedo llamarte *papi*?

—No.

—¿Amo?

Hago un sonido de disgusto.

—¿Por qué no?

El sonido de sirenas acercándose al edificio acelera mis pasos hacia un taxi que espera delante.

—Quizás Amo —cedo mientras la bajo al suelo y abro la puerta trasera del taxi—. Ya veremos.

Junta las manos con alegría. Sus lágrimas ya se han secado.

—Lo haces tan bien.

Le doy al conductor el nombre de mi hotel y la acomodo a mi lado.

——Tengo lo de ser un idiota controlado al milímetro.

—¿No sería 'controlado al idiota'? —Me encanta que se esté poniendo juguetona. Es señal de que se siente más como ella misma. —No eres un capullo. Bueno, a veces sí lo eres, pero me gusta.

—Sé que te gusta —murmuro contra su sien—. Y me gusta darte lo que te gusta.

Ella levanta su rostro hacia mí y pestañea coquetamente.

—¿Cómo es que me entiendes tan bien?

Me encojo de hombros.

—No lo sé. Quizás porque tengo una relación cercana con mi hermana.

Kat jadea de emoción.

—¡Voy a conocer a Nadia! Oh, no... ¿crees que me odiará?

—No. Me dijo que no volviera hasta que hubiera arreglado las cosas contigo.

—¿En serio? —Me encanta su expresión de asombro.

—*Da*. De alguna manera adivinó que estaba locamente enamorado de ti y me habló claramente.

El rostro de Kat se descompone y de repente está sollozando.

—*Malyshka*. Cariño. *Gospodi*, ¿qué ocurre? —La acomodo en mi regazo y presiono mis labios contra su cabello.

—¿Lo estás? ¿Locamente enamorado de mí? ¿De verdad? —Su rostro húmedo se acurruca en mi cuello.

—De verdad y sinceramente. Locamente, Kit-Kat.

Ella sorbe.

—Pero apenas me conoces. ¿Y si llegamos a Chicago y cambias de opinión?

Me burlo.

—Te conozco. *Te conozco*, Kat. Puede que no sepa todos los detalles, pero conozco tu esencia. Sé que posees todas las cualidades que yo no tengo. Eres brillante, feliz y resiliente. Te mantienes alegre frente a grandes adversidades. Te apegas rápidamente y perdonas con facilidad. Eres juguetona, amable y jodidamente pervertida. —Bajo la voz en la última parte para que el taxista no lo oiga.

Ella suelta una risa llorosa.

—¿Estás realmente enamorado o solo te sientes responsable de mí? Porque yo también te conozco, Adrian. Funcionas desde la culpa.

Mi estómago da un pequeño salto con el peso de esa misma emoción.

—Sí, me siento culpable. —Le masajeo la nuca con mis dedos. —Pero quiero algo de ti, Kat. Más que perdón.

—¿Qué quieres? —susurra.

—A ti —murmuro en respuesta—. Te quiero a ti. Te quiero debajo de mí, haciendo esos sonidos entusiastas antes de correrte. —Mis labios están contra su oreja, así que las palabras son solo para ella. —Te quiero de rodillas con esa boquita haciendo pucheros alrededor de mi polla. Te quiero sobre mi regazo poniendo ese precioso culo rosado.

Ella se remueve en mi regazo, con su vientre temblando de suave risa.

—Pero no es solo sexo. Te quiero a ti, Kit-Kat. Quiero... joder, *necesito* ser tu centro. El eje alrededor del que giras. El lugar donde no hay tambaleo.

—Adrian —susurra.

—Quiero estar presente cuando estés llenando cada habitación con tu gran personalidad.

—¿Estás diciendo que soy *demasiado*? —pregunta con fingida ofensa.

—Sin duda eres demasiado.

Ella mantiene mi mirada.

—¿Qué pasará cuando cambies de opinión?

Mi dulce Kateryna, tan herida por el abandono de su padre. Le enseñaré a confiar en mí. Seré su roca.

—No cambiaré de opinión. Nada de lo que hagas o digas hará que te deje jamás. ¿Sabes por qué, *malyshka*? —Adopto un tono juguetón.

—¿Por qué?

Las comisuras de mis labios se elevan.

—Porque sé cómo manejarte cuando te portas mal.

Sus muslos se aprietan, y ella se remueve de nuevo.

—Voy a cuidar muy bien de ti, Kat. Te lo prometo.

—Yo también voy a cuidar muy bien de ti. —Pone su mirada de gatita sexy, y ahora soy yo quien necesita reajustarse en su asiento.

El taxi se detiene frente a mi hotel, y nos bajamos.

—¿Quieres empezar? —pregunto, tomándole la mano.

—¿Empezar qué?

—A cuidarnos bien el uno al otro.

Ella me sonríe con esa confianza fácil.

—Creo que ya lo hemos estado haciendo.

CAPÍTULO 15

K at

—Vale, entonces están Ravil, Lucy y su bebé, Benjamin, y luego Maxim y Sasha, y Oleg y Story en la planta superior.

Adrian asiente. Estamos conduciendo desde el aeropuerto después de haber tomado un vuelo de primera clase a Chicago. Usé mi dinero para comprar los billetes porque ahora tengo los cinco millones de dólares que Adrian consiguió extorsionando a mi padre.

Planeo dárselo a Nadia como compensación por los horrores que mi padre le infligió, pero ha sido agradable usar mi tarjeta de débito para un vuelo de lujo y sacar un fajo de billetes del cajero automático.

Tuvimos que esperar dos días en el hotel de Adrian para que uno de sus hermanos de la bratva en Inglaterra entrara en mi apartamento y cogiera mi pasaporte, para que no tuviera que viajar a Chicago en un barco de carga. También fueron lo bastante amables como para empacar todas mis pertenencias personales y enviarlas a América.

Adrian me preguntó si quería que volara conmigo para hacerlo nosotros mismos, pero me negué. Estoy lista para cerrar la puerta a mi antigua vida.

Mi pasado no significa nada. Mi padre está muerto para mí. No tenía amigos verdaderos en Liverpool. Echaré de menos el taller de cerámica, pero Adrian me promete que habrá tornos y clases en Chicago. Es una ciudad grande.

—Sasha tiene una personalidad muy fuerte, así que vosotras dos u os amaréis u os odiaréis —me dice Adrian.

Mi estómago da un vuelco.

—¿No crees que le caeré bien?

Los labios de Adrian se curvan.

—No he dicho eso. Se parece mucho a ti: le cae bien todo el mundo. Pero también es actriz y le encanta ser el centro de atención.

Hago un puchero.

—Yo no necesito ser el centro de atención.

Adrian está relajado en su asiento, más relajado de lo que le he visto, lanzándome miradas divertidas mientras yo canalizo mi energía nerviosa.

—Déjame preguntarte esto, *malyshka*: ¿vas a estar paseándote por el Kremlin con uniformes de colegiala?

El Kremlin, he aprendido, es el apodo de su edificio porque principalmente alberga a rusos y negocios de propiedad rusa.

—¿De qué otra manera voy a señalar que me siento traviesa?

La sonrisa de Adrian es indulgente.

—Sabes que eso significa que voy a tener que darles puñetazos a muchos tipos, ¿verdad?

—¿Qué quieres decir?

—Quiero decir que van a mirarte, y eso me va a cabrear, así que tendré que partirles la cabeza.

Me río, encantada por sus celos anticipados.

—Quizás entonces solo use los uniformes para ti —le digo.

Sus ojos brillan con apreciación.

—¿Harías eso por mí?

—Si me lo pidieras. —Enrosco el extremo de una de mis trenzas. —Podría ser una regla.

Adrian se mueve para recolocarse, y mis pezones se tensan al saber que está excitado.

—Es una regla —dice con brusquedad.

No ha sido contundente conmigo de la manera que me encanta en los últimos dos días. Creo que los moretones en mi cara le perturban demasiado. La mayor parte del tiempo antes de volar a América lo pasamos con él sosteniendo compresas de hielo en mi mejilla y asegurándose de que todas mis necesidades estuvieran cubiertas. Fue realmente dulce. Incluso el sexo fue dulce, lo cual era agradable, pero no necesariamente lo mío.

Afortunadamente, Adrian todavía parece bastante dispuesto a jugar a mi juego.

—Me equivoqué —dice—, no eres como Sasha. Ella tiene una vena exhibicionista. Tú... bueno, tienes debilidad por la autoridad. ¿No?

—Solo por la tuya.

Hace un sonido de aprobación.

—Siempre dices lo adecuado.

—Entonces, Maykl es el portero y tu amigo de Rusia, y Nikolai es el hacker.

—No, Dima es el hacker, el gemelo de Nikolai. Nikolai es el corredor de apuestas.

—¿Y cuál tiene la novia rusa?

—Ese es Dima.

—Y Story es la estrella de rock.

—Correcto.

He estado interrogándole sin parar sobre su vida en Chicago, en parte para distraerme del fin de mi antigua vida. En parte porque quiero saber qué esperar. Quiero encajar, hacer amigos y decir las cosas adecuadas.

—¿Qué hay de tu *pakhan*? ¿Me odiará por mi padre?

Adrian busca mi mano y entrelaza sus dedos con los míos.

—Definitivamente no. No es de los que odian. Mantiene la cabeza fría con todo. Muy estratégico, sin mucho drama. —Abro la boca para empezar una serie de preguntas sobre Lucy, pero Adrian dice—: Kateryna.

—¿Qué?

—Todos te adorarán.

—¿Cómo lo sabes?

—Porque así son ellos. Porque no hay nada en ti que no se pueda amar. Porque yo te amo.

Las lágrimas brotan en mis ojos. Todavía no me canso de oírlo.

Supongo que son tres palabras que no he escuchado lo suficiente en mi vida, y viniendo de Adrian, lo significan todo.

—Quiero caerles bien —admito.

—Lo sé. Así será.

Vislumbro el agua justo antes de que Adrian entre en un aparcamiento subterráneo.

—¿Es aquí? —exclamo—. ¡No me dijiste que estaba justo al lado del agua!

No sé qué había imaginado, algo muy utilitario. Definitivamente no lujoso.

Entonces, probablemente debería haberlo sabido por el vehículo en el que estamos. Sé que los coches americanos son más grandes, pero este brillante SUV negro parece enorme y elegante.

Aparca, y yo salto fuera, complacida cuando toma mi mano para llevarme al ascensor. Es un gesto tan simple, cogerse de la mano, pero se siente como una declaración de propiedad.

Voy a cuidar bien de ti, Kat.

Todavía sigo pensando que va a cambiar de opinión en cualquier momento, pero me gustó su razonamiento sobre por qué no lo haría.

—¿Adónde vamos primero? ¿Directamente a tu apartamento? ¿Estará Nadia allí?

—Sí. —Adrian me atrae hacia él. —Nunca tienes que estar nerviosa cuando estás conmigo. Yo te cubro las espaldas. Siempre.

—Vale. —Sueno sin aliento. Muevo las rodillas en el ascensor y me contoneo. —Solo quiero caerle bien. Lo siento, estoy muy nerviosa —digo.

Salimos del ascensor y nos cruzamos con una anciana en el pasillo. Adrian la saluda en ruso, luego me presenta:

—Valentina, esta es Kateryna, mi novia. Se muda hoy.

La mujer mayor busca mi mano y la estrecha. Me saluda en ruso, y Adrian le dice:

—Kat no es rusa. Es de Ucrania. —A mí me dice—: Kat, mi hermana trabaja con Valentina limpiando y cuidando niños para Ravil.

—Encantada de conocerla —digo, sin estar segura de si me entiende, pero ella asiente con la cabeza.

—Encantada de conocerla, también. Bienvenida al Kremlin.

—Gracias.

Una puerta se abre al final del pasillo, y una joven sale.

—¡Adrian!

—¿Es esa Nadia? —pregunto.

Nadia duda como si hubiera un campo de fuerza invisible

manteniéndola dentro de los límites del apartamento, pero entonces, con aparente esfuerzo, lo traspasa y sale al pasillo.

Cuando me acerco, abre sus brazos ampliamente. Pienso que va a abrazar a Adrian, pero es a mí a quien recoge.

—Hermana —dice con un fuerte acento.

Mis ojos se humedecen. ¿Somos hermanas? Dios, cuánto deseé tener un hermano mientras crecía. La abrazo también.

—Tenía miedo de que me odiaras —confieso, incapaz de guardarme la preocupación.

Nadia se aparta. Su expresión es seria, tengo la sensación de que siempre es así de solemne.

—No —dice con firmeza—. Eres mi hermana. —Hay una ferocidad en sus palabras, y así, sin más, me siento reclamada de nuevo.

Al fin pertenezco a algún lugar. Con personas que me quieren. Que conocen lo peor de mí: quién es mi padre y lo que ha hecho, así como mi necesidad de afecto, mi ansia de atención, mi picardía... y aun así me reclaman como una de los suyos.

Adrian toma mi mano y me lleva suavemente hacia su apartamento. Es impresionante: abierto y luminoso con grandes ventanales que dan al agua. Es nuevo, moderno y absolutamente hermoso.

—Bienvenida a casa —murmura Adrian.

—¿Es esto real? —Me vuelvo hacia él, parpadeando para contener la humedad en mis ojos.

Él deja caer su bolsa de viaje y me rodea con sus brazos.

—Ahora eres mía —me asegura—. Este es donde te voy a mantener. Justo aquí. Conmigo.

Me agarro a sus hombros y los uso para saltar a sus brazos, rodeando su cintura con mis piernas como una niña.

—¿Me lo prometes?

Él me muerde ligeramente el pecho y me lleva hacia un dormitorio.

—Ajá. Déjame mostrarte lo que pasa si intentas escapar.

Me río y miro por encima de mi hombro a Nadia, que tiene una sonrisa sorprendida.

—Voy a bajar —anuncia Nadia en voz alta.

Adrian se detiene y se gira, como si estuviera sorprendido.

—Ah, ¿sí?

—Sí —dice con naturalidad, pero sé por lo que Adrian me ha contado sobre ella que le cuesta salir del apartamento—. Los Storytellers están ensayando, y quiero escuchar. Además, vosotros dos necesitáis tiempo para instalaros.

Adrian duda y luego continúa.

—Gracias, Nadia. —Cierra la puerta tras nosotros.

—¿Es eso inusual? —susurro cuando él gira y me pone de pie, sobre la cama. Me quito las botas de una patada y salto sobre ella.

Él también se quita las suyas.

—Totalmente inusual. Tengo... sentimientos encontrados al respecto.

Estiro la mano para subirlo también a la cama, y me encanta que me siga, saltando conmigo.

—¿Por qué?

—Creo que está enamorada de Flynn, el hermano de Story, y él es un mujeriego. No me gusta.

Doy un respingo escandalizado porque me encanta cada parte de esta conversación: conocer los entresijos de la familia de Adrian, oír hablar de enamoramientos secretos. Me encanta que este Flynn esté sacando a Nadia del apartamento.

—Creo que es bueno. Si eso le hace sentirse normal otra vez, no puede ser malo.

—¿Y cuando le haga daño? —exige Adrian.

—Quizás sea ella quien haga el daño —digo encogiéndome de hombros. —Nunca se sabe. —Dejo de saltar y paso mis brazos alrededor de su cuello. —Me gusta tu cama — murmuro.

—Me gusta tenerte en mi cama —responde—. Ahora... — Alza una ceja severa. —*Desnúdate.*

Los músculos entre mis piernas se contraen y relajan, y me apresuro a obedecer. Me arranco la ropa que me compró en Amberes, luego me pongo de rodillas y le desabrocho el cinturón.

—¿He dicho que pudieras chuparme la polla, *malyshka?*

Me quedo inmóvil, mirándolo, con el corazón martilleando de emoción.

—Eso viene después de tu azotaina.

Mis músculos internos vuelven a estremecerse.

—De acuerdo, papi.

Sus labios se tuercen, pero niega con la cabeza.

—Es Amo.

Me agito de emoción.

—De acuerdo, Amo.

Juguetea con mi pecho un momento, simplemente observándome, luego levanta la barbilla.

—Sobre tus antebrazos y rodillas. Déjame ver ese precioso culo preparado.

Obedezco, ofreciéndole mi trasero.

Él se arrodilla detrás de mí y acaricia mis nalgas con la palma de su mano varias veces antes de darme la primera palmada. Es firme y picante, y me hace menear el trasero pidiendo más.

Empieza lentamente, alternando nalga derecha e izquierda, luego gradualmente aumenta la velocidad.

Gimo y jadeo, con mi excitación escurriéndose entre mis piernas a medida que aumenta el ardor. Estoy sin aliento cuando se detiene y frota sus dedos entre mis piernas. Estoy húmeda e hinchada para él, totalmente lista.

—¿A quién perteneces, Kateryna?

Sonrío contra la colcha.

—A ti, Amo.

Me da varias palmadas fuertes, lo suficiente como para hacerme jadear.

—Di mi nombre.

—Adrian. Adrian Turgenev. Pertenezco a Adrian.

—Mmm. —Me recompensa acariciando mis nalgas y luego entre mis piernas.

Estoy temblando ahora, a punto de empezar a suplicar.

—¿Quién es dueño de este coño, Kateryna? —Introduce un dedo en mi interior.

—Tú lo eres —gorjeo.

—¿Quién te hace llegar?

—Solo tú —jadeo, al borde del orgasmo ahora mismo.

Abre más mis rodillas y desabrocha sus pantalones. Gracias a *Dios*.

—¿Vas a correrte sobre esta polla, Kateryna? —Presiona la cabeza aterciopelada y dura de su miembro contra mi entrada.

No sé qué le ha pasado a Adrian, de dónde ha salido toda esta charla sucia, pero estoy alabando a todas las deidades que existen ahora mismo. Sabía que podía ser dominante, pero esto es un nivel completamente nuevo.

—Sí, Amo —jadeo.

—Voy a hacerte correr toda la noche, *malyshka*. —Empuja y retrocede ligeramente, luego avanza de nuevo.

—Sí, por favor.

Agarra mis caderas y tira de mi trasero para encontrarse con sus empujes constantes.

—Cuando necesites un buen polvo duro y un recordatorio de a quién perteneces, ¿qué vas a hacer, *printsessa*?

Jadeo por lo profundo que está llegando dentro de mí. Este es el mejor ángulo de todos.

—Usar mi sexy uniforme de colegiala.

—Eso es. —Sigue embistiéndome, adueñándose de mí, poseyéndome, domándome como suya. Me encanta tanto que me mareo.

—Necesito comprar uno nuevo —recuerdo.

—Necesitarás muchos —retumba, aumentando la velocidad—. Uno para cada día de la semana. Porque no voy a darle descanso a este coño.

Me corro un poco.

Adrian siente cómo se contraen mis músculos y estira la mano para frotar mi clítoris y ayudarme, quedándose quieto dentro de mí mientras me libero.

—Ese es uno —murmura, como si fuera a haber muchos más antes de que acabe la noche. Luego me lleva los brazos a la espalda y aplasta mi torso contra la cama para penetrarme aún más fuerte.

—¿Vas a ser mi pequeña muñeca sexual?

—Sí, por favor —suplico, poniendo los ojos en blanco.

Este chico no podría hacerlo mejor. Me encanta su forma de hablar sucio tanto como su enorme y heroico corazón. Su infinita capacidad para aceptarme tal como soy. Un rasgo que su hermana y amigos también parecen compartir.

—Sé que pensabas que el sexo en Amberes era aburrido. Solo te estaba dejando descansar. Porque ahora voy a usarte y abusarte el resto de tu vida.

Me corro otra vez. Al diablo con Delaney y la resolución de mis problemas paternos. Creo que me están funcionando bastante bien. Perfectamente, de hecho. No puedo imaginar a nadie disfrutando del sexo vainilla tanto como yo disfruto de esto.

—Esos son dos, *dietka*. Más te vale correrte otra vez cuando te lo diga, o lo pagarás caro.

—Lo haré —jadeo, mientras me recorren los espasmos.

Se sale, y gimo ante la pérdida, pero solo es para estirarme las piernas, dejándome tumbada sobre mi vientre. Las separo para él, elevando un poco mi trasero. Vuelve a entrar, y gimo nuevamente de satisfacción.

—¿Te gusta eso, *malysh*? ¿Te gusta sentirte llena por mí?

—Sí, Maestro.

Embiste con más fuerza, y me encanta: las estocadas profundas en un ángulo diferente esta vez. Llevo la mano entre mis piernas y toco mi propio clítoris.

—Kat... Kit-Kat —canta, con sus movimientos volviéndose entrecortados—. Ahora eres mía... No te dejaré ir.

De alguna manera, sabe decir todo lo que necesito oír.

—Por favor —suplico, ya necesitando correrme otra vez. Ya desesperada por recibir su placer como una culminación completa. Una posesión total. Una completa actualización de quiénes somos como nueva pareja.

—*Blyad'* —maldice, conteniendo la respiración, luego exhalando de golpe, y volviendo a contenerla—. Kat... Kateryna... ¡sí! —Empuja profundamente, su miembro pulsando dentro de mí mientras vacía sus testículos.

Tiemblo con sollozos de éxtasis, con mis propios músculos apretándose alrededor de su miembro, atrayéndolo más profundo, ordeñando su final.

—Por favor —gimo, aunque ya se ha corrido. Ya me ha dado todo lo que anhelo.

Baja su cuerpo sobre el mío, besando mi nuca, mordiéndome, mostrándome que aún no ha terminado. Que con nosotros nunca termina.

Me estoy disolviendo en sus brazos, flotando como pequeños trozos de energía hacia el universo. Sin embargo, nunca me he sentido tan recogida. Tan sostenida y absorbida.

—No me sueltes —gimo, sin querer que este momento acabe. Queriendo conservarlo para siempre.

—Nunca, Kat —dice con fiereza—. Nunca, jamás.

—Te quiero —murmuro.

—Yo te querré *siempre* —responde.

Una profunda respiración entra en mis pulmones, más profunda de lo que creía posible. Por primera vez en mi vida, puedo respirar.

Y Adrian es mi oxígeno.

Mi eje central.

Mi todo.

EPÍLOGO

A^{drian}

Los tatuajes de la Bratva se hacen como un ritual. Se utilizan para representar el estatus dentro de la organización. Aunque Ravil haya abandonado o ignorado algunas de las tradiciones de la hermandad, el tatuaje no es una de ellas.

Nuestras almas y nuestra piel llevan la marca de nuestros crímenes. Recordamos cada acto y lo medimos frente a nuestras contribuciones a nuestros hermanos. Equilibrio en la hermandad. Estas fueron las palabras que nuestro *pakhan* pronunció después de que maté a cuatro de los hombres de Poval cuando irrumpí en la fábrica de sofás y liberé a mi hermana. Las pronunció de nuevo cuando regresé para incendiar el lugar. Cada crimen merece una marca en nuestra piel. Algunos las llevan con orgullo. Otros como penitencia.

Hoy completo la que llevo por secuestrar a Kat. La llevo como mi penitencia. Para nunca olvidar su sacrificio y el perdón que nos unió.

Stepan, nuestro tatuador, tiene en cuenta cada historia cuando crea su arte, incluyendo nuestras propias emociones respecto al suceso. El tatuaje que me hizo por quemar la fábrica era orgulloso y poderoso. Este es más tierno. Utilizó cuerda anudada para representar el cautiverio de Kat. Se enrosca alrededor de mi hombro, luego serpentea por mi brazo para formar un grillete alrededor de mi muñeca, un símbolo del vínculo que ahora tenemos. La capturé, pero ahora estoy atado a ella para siempre.

Kat quería sus propias marcas, que Stepan terminó la semana pasada. No le permití tatuarse nada relacionado con su padre, pero aceptó el símbolo de los grilletes, para mostrar que ha sido reclamada por mí, poseída, guardada y cuidada para siempre. Lleva gemelos puños dibujados como cuerda con un nudo en forma de corazón en la parte interior de cada muñeca. Un lugar perfecto para que yo bese cada vez que le tomo la mano.

Stepan se recuesta ahora y asiente.

Estoy rodeado por los miembros principales de la bratva: Ravil, Maxim, Oleg, Nikolai, así como mi amigo Maykl, y varios otros miembros. Gleb, un hermano de la bratva de setenta años que formaba parte de una célula diferente y recientemente encontró su camino hacia nosotros, sirve vodka para todos.

Ravil aclara su garganta, y la habitación queda en silencio.

—Nuestras almas y nuestra piel llevan la marca de nuestros crímenes. Recordamos cada acto y lo medimos frente a nuestras contribuciones a nuestros hermanos. Equilibrio en la hermandad —levanta su vaso.

—Equilibrio en la hermandad. Por nuestro hermano —Maxim levanta el suyo.

—Equilibrio en la hermandad. Por nuestro hermano. —Cada miembro presente toma su turno, levantando su vaso y manteniendo mi mirada.

—Equilibrio en la hermandad —levanto el mío, y todos bebemos.

Los hombres me dan palmadas en la espalda, y salimos del estudio de Stepan en el segundo piso.

—¿Listo para sorprender a tu chica? —pregunta Maxim.

Asiento.

—Listo.

—Sasha dice que las mujeres han terminado de prepararse. —Mira un mensaje en su teléfono. —Ve a buscar a Kat, y nosotros nos reuniremos con las mujeres.

He pasado las últimas tres semanas y media moviendo montañas para montar un estudio de cerámica para Kat. Está en la primera planta porque el horno tendrá que instalarse en el sótano, y quiero que pueda tener fácil acceso. Además, Ravil le dio una ventana hacia la calle, para que pueda exhibir sus creaciones, si alguna vez se siente cómoda.

He podido mantener todo el proyecto en secreto, fingiendo que he estado ocupado con trabajo para Ravil y que aún no he tenido tiempo de cumplir mi promesa. Sasha, que siempre adora la fiesta, decidió organizar una "fiesta sorpresa de estudio" para Kat. Ella, Nadia, Lucy, Story y Chelle, la novia de Nikolai, pasaron la última hora decorándolo con globos y flores y están esperando allí ahora para saltar y gritar *sorpresa*.

Tomo el ascensor con la misma satisfacción emocionada que recorre mis venas cada vez que voy a nuestro apartamento.

Vivir con Kat es un placer intenso. Si no hubiera estado tan decidido a cumplir mi oferta de construirle este estudio, nunca me habría separado de su lado. A pesar de que todo es nuevo y de que la dejo sola demasiado a menudo, Kat se mantiene optimista. Ha ido encontrando su lugar en esta vida, acercándose a Nadia, haciendo amistad con muchas de las mujeres del edificio, especialmente Sasha y Story. Encontró una clase de cerámica y está pensando en matricularse en la universidad comunitaria.

Recibimos la noticia de que su padre será extraditado a Italia para enfrentar cargos de asesinato allí. Si es liberado, se enfrentará a procesos en otros dos países, así que las posibilidades de que quede libre son escasas. Kat ofreció la totalidad del rescate que su padre pagó por ella a Nadia, quien lo rechazó. Al final, acordamos dividirlo a medias. Ravil y Maxim me ayudaron a invertirlo, para que todos podamos vivir cómodamente de los dividendos. Aunque agradezco la tranquilidad que nos brinda a todos, una parte de mí espera que Nadia no lo use como excusa para dejar de trabajar. Sacarla del apartamento es crucial para su bienestar mental.

Abro la puerta del apartamento y encuentro a Kat esperando con (Dios me ayude) un nuevo uniforme de colegiala. Este tiene una falda plisada a cuadros rojos y un cuello a juego alrededor de su garganta. Los calcetines blancos le llegan hasta el muslo y la blusa blanca y almidonada tiene tres botones abiertos.

Mi polla se pone dura al instante, y literalmente gimo en voz alta al verla.

—Nadia ha desaparecido, así que pensé que podríamos... —Se interrumpe con risitas cuando la lanzo sobre mi hombro y empiezo a marchar hacia el dormitorio.

Pero espera. Me detengo en seco.

—¿Qué?

Uf.

No puedo.

Todos están esperando abajo.

Giro y la vuelvo a poner en el suelo.

—*Malyshka*, sabes que me muero por llevarte a esa habitación y ponerte el culito rosado.

—¿Pero?

—Pero tengo una sorpresa para ti primero. —Miro su atuendo. Hice la regla de que los uniformes son solo para mis ojos, pero se ve adorable, y confío en mis hermanos. Quizás esa regla puede modificarse. Le abrocho uno de los botones y saco un trozo de tela de mi bolsillo. —Date la vuelta y cierra los ojos.

—Oh. ¿También me vas a atar?

—Mmm, te gustaría eso, ¿verdad, *dietka*? —Ato la tela alrededor de su cabeza para cubrirle los ojos.

—Sí. Mientras no sea con una brida. No quiero volver a ver una brida en mi vida.

—No te voy a atar ahora mismo, *malysh*. Pero lo haré más tarde, te lo prometo.

—¿Es por tu tatuaje? ¿Puedo verlo?

—Más tarde. Ahora toca tu sorpresa. —La empujo hacia la puerta.

—¡Oh! ¿Vamos a algún sitio?

—*Da.* —La guío hasta el ascensor y bajamos al primer piso.

—¿Vamos a ir en coche a algún lado?

—*Nyet.*

—¿Vamos a salir del edificio?

—*Nyet.* No más preguntas, Kateryna. Solo espera.

La llevo hasta el estudio y abro la puerta. Nuestros amigos están apretujados en el espacio, esperando con las luces apagadas.

—¿Dónde estamos?

Le desato la venda, y alguien enciende las luces.

—¡Sorpresa! —gritan todos. El confeti vuela hacia nosotros desde todas direcciones. Las mujeres han decorado el estudio con serpentinas, globos y flores. Una pancarta con el texto "Kremlin Clay" cuelga en la parte de atrás. Cubos de hielo con champán reposan sobre soportes plateados, y en la mesa hay una gigantesca tabla de charcutería repleta de embutidos selectos, quesos, bayas, panal de miel y galletas.

Kat grita y tropieza hacia atrás cayendo en mis brazos. Se cubre la boca con las manos.

—¡Dios mío! ¿Qué es esto? ¡Dios mío!

—Bienvenida a tu nuevo estudio, Kremlin Clay —le digo, meciéndola suavemente mientras asimila todo.

—¿Q-qué? —dice débilmente—. ¿Esto es... mío?

—Así es, *dietka*. Gracias a Ravil —Asiento hacia mi *pakhan* — por cedernos este espacio. Y a todos mis hermanos que me ayudaron a prepararlo.

Ella observa el estudio. Consulté con la profesora del estudio cercano donde comenzó sus clases para averiguar todo lo que necesitaría. El espacio es amplio, con suelos de baldosa cerámica y encimeras para facilitar la limpieza, y dos grandes fregaderos industriales en la parte trasera. Hay un torno, pero espacio para más, por si alguna vez quiere impartir clases aquí. Construí estanterías utilitarias en la parte trasera para albergar sus trabajos en proceso y otras más elegantes en la parte delantera para exponer las obras terminadas.

—El horno se entregará en unas semanas, pero ya tengo la instalación eléctrica preparada. Irá en el sótano, al que puedes acceder por esas escaleras. —Señalo la puerta en la parte trasera del estudio. —Las ventanas están ahora esmeri- ladas, pero si alguna vez decides exponer tus piezas, se pueden aclarar. —Indico hacia la fachada del estudio que da a la calle.

Kat se gira hacia mí. Su piel está salpicada de color. Hunde su rostro contra mi pecho y estalla en lágrimas.

—Vaya, creo que eso significa que le gusta. —Sasha me guiña un ojo.

Intento calmar el alboroto de mi corazón rebotando contra mi pecho. Son lágrimas de felicidad, pero aun así me hacen querer mover montañas para verla sonreír.

—Me encanta. —Solloza contra mí. —Dios mío, no puedo parar de llorar. —Levanta la cara y se seca las lágri- mas. —Ha sido muy bonito por tu parte. —Se gira. —Por parte de todos vosotros. No puedo creer que hayáis hecho esto por mí.

—Por supuesto que lo hicimos —dice Sasha con naturalidad—. Ahora eres parte del equipo.

Eso solo hace que Kat llore con más fuerza. Incluso mis propios ojos se humedecen porque sé cuánto significa para ella este sentimiento de pertenencia. Nunca había tenido una familia con la que pudiera contar. Estoy decidido a dársela todos y cada uno de los días. A asegurarme de que sepa que pertenece aquí. No solo conmigo, sino con todos nosotros.

—Gracias. —Trata de controlarse lo mejor posible.

Nikolai descorcha una botella de champán y se la entrega a Chelle, quien comienza a servir en las copas alineadas sobre la encimera.

—Vamos, brindemos. —Sasha tira de Kat hacia adelante y le entrega una copa de champán mientras Nikolai hace saltar un segundo corcho. —No tienes por qué convertirlo en un local comercial, siempre podrías mantenerlo como tu estudio privado, pero organizar noches de estudio abiertas mensuales. Incluso podrías invitar a otros artistas.

Sonrío para mis adentros mientras Sasha comparte ideas.

—Absolutamente —Chelle está de acuerdo—. Estaré encantada de ayudarte con la publicidad, si lo hicieras.

—Me estáis haciendo llorar otra vez —se queja Kat, secándose las lágrimas. Deja su copa y rodea a cada una de las mujeres con un brazo—. Os quiero mucho, ¿lo sabéis?

—Oh, nosotras también te queremos, cariño —dice Sasha.

—Así es —mi hermana asiente con su voz suave.

Cuando todos tienen una copa, Sasha levanta la suya.

—¡Por Kremlin Clay y su artista residente, Kateryna!

—Por Kateryna —murmuro, brindando con ella—. Te quiero.

—*Vashe zdorov'ye.* —Todos los rusos en la sala hacen el brindis ruso.

—¡Salud! —dicen Chelle y Story con una carcajada, chocando sus copas.

—Gracias, Adrian. —Los ojos de Kat vuelven a llenarse de lágrimas.

Apoyo mi frente contra la suya mientras las copas tintinean a nuestro alrededor. Ella deja su copa, y yo agarro sus dos muñecas y recorro con mis pulgares sus puntos de pulso, donde se encuentran los nudos tatuados.

—Eres mía —murmuro.

—Dilo otra vez.

—Eres mía. Para siempre, *malyshka*.

Ella traza el camino de mi nuevo tatuaje por mi brazo hasta mi muñeca, luego toma mi mano y besa mi pulso.

—Y esto significa que eres mío.

—Sí. También para siempre.

Se abalanza contra mí, echándome los brazos al cuello y presionando sus labios contra los míos.

—Vamos a divertirnos mucho —dice, y yo río, atrayéndola contra mi cuerpo y dándole otro beso.

—Sí. Sí, lo haremos.

GRACIAS POR LEER *EL LIMPIADOR*. Si te ha gustado, por favor considera dejar una reseña: marcan una gran diferencia para los autores independientes.

Para un epílogo adicional especial con Adrian y Kat , asegúrate de unirte a la lista de correo de Renee.

https://www.subscribepage.com/reneerose_es

¿QUIERES MÁS?

Lee el siguiente libro de la serie *Chicago Bratva*, **El jugador**

Los jugadores jugarán.
Flynn Taylor, ídolo del rock, vive rápido y sin seguir las reglas.

Cada noche está con chicas distintas. Sí, *chicas* en plural.

A punto de convertirse en un icono estadounidense,

es todo lo que debería evitar.

Aunque tal vez no importe.

Estoy tan rota que ni siquiera soy capaz de tener una relación.

Podría ser el antídoto perfecto.

La tentación que me haga volver a sentirme viva.

Podría ayudarme a superar mi trauma. A intentar la intimidad física.

Si sale mal... no hay daño, ¿verdad?

Si tan solo logro evitar que mi hermano de la Bratva lo mate por siquiera tocarme...

El jugador

LIBRO GRATIS DE RENEE ROSE

Quiere un libro gratis de Renee Rose? Suscríbete a mi newsletter para recibir *Padre de la mafia* y otro contenido especialmente bonificado y noticias de nuevos. https://Book Hip.com/NCVKLK

OTROS LIBROS DE RENEE ROSE

Alfa-nastro

Rey alfa

El alfa prohibido

Alfas peligrosos

La tentación del alfa

El peligro del alfa

El premio del alfa

El reto del alfa

La obsesión del alfa

El deseo del alfa

La guerra del alfa

La misión del alfa

El tormento del alfa

El secreto de alfa

La presa del alfa

La sangre del alfa

El sol del alfa

La luna del alfa

El juramento del alfa

La venganza del alfa

El fuego del alfa

El rescate del alfa

La orden del alfa

Hombres lobo de Wall Street

Un Gran Jefe Malvado: Medianoche

Un Gran Jefe Malvado: Lunático

Un Gran Jefe Malvado: Marcada

Un Gran Jefe Malvado: Su pareja

Un gran bravucón

Osos malvados

El reclamo del alfa

Alfa de Montaña

Héroe

Rebelde

Guerrero

Rancho Wolf

Áspero

Salvaje

Feroz

Rudo

Indomable

Implacable

Instintivo

Vigoroso

Dos Marcas

Rebelde - GRATIS

Tentada

Deseada

Seducida

SOBRE RENEE ROSE

RENÉE ROSE, LA AUTORA BESTSELLER EN USA TODAY, ama los héroes dominantes, ¡los machos alfa que saben hablar sucio! Ha vendido más de un millón de copias de tórridas novelas románticas con diferentes niveles de sexo no convencional. Sus libros han sido presentados en el Happily Ever After de USA Today y en Popsugar. Nombrada en el Eroticon de los Estados Unidos como la Próxima Autora Erótica Top en 2013, ha ganado también como Autora Preferida en Ciencia Ficción y Antología Valiente y Atrevida y con la mejor novela romántica histórica en The Romance Reviews. Figuró catorce veces en la lista de USA Today con su serie Rancho Wolf y varias antologías.

**Suscríbete a mi newsletter para recibir contenido especialmente bonificado y noticias de nuevos lanzamientos en Español.

https://www.subscribepage.com/reneerose_es

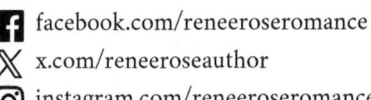

facebook.com/reneeroseromance
x.com/reneeroseauthor
instagram.com/reneeroseromance

www.ingramcontent.com/pod-product-compliance
Lightning Source LLC
Chambersburg PA
CBHW071602110726

47908CB00007B/2213